ISBN 978-1-334-50012-1
PIBN 10618602

This book is a reproduction of an important historical work. Forgotten Books uses
state-of-the-art technology to digitally reconstruct the work, preserving the original format
whilst repairing imperfections present in the aged copy. In rare cases, an imperfection in
the original, such as a blemish or missing page, may be replicated in our edition. We do,
however, repair the vast majority of imperfections successfully; any imperfections that
remain are intentionally left to preserve the state of such historical works.

1 MONTH OF
FREE
READING

at
www.ForgottenBooks.com

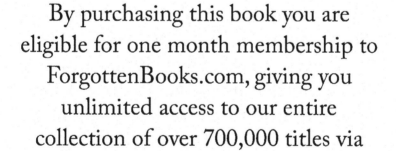

By purchasing this book you are eligible for one month membership to ForgottenBooks.com, giving you unlimited access to our entire collection of over 700,000 titles via our web site and mobile apps.

To claim your free month visit:
www.forgottenbooks.com/free618602

English
Français
Deutsche
Italiano
Español
Português

www.forgottenbooks.com

Mythology Photography **Fiction**
Fishing Christianity **Art** Cooking
Essays Buddhism Freemasonry
Medicine **Biology** Music **Ancient
Egypt** Evolution Carpentry Physics
Dance Geology **Mathematics** Fitness
Shakespeare **Folklore** Yoga Marketing
Confidence Immortality Biographies
Poetry **Psychology** Witchcraft
Electronics Chemistry History **Law**
Accounting **Philosophy** Anthropology
Alchemy Drama Quantum Mechanics
Atheism Sexual Health **Ancient History**
Entrepreneurship Languages Sport
Paleontology Needlework Islam
Metaphysics Investment Archaeology
Parenting Statistics Criminology
Motivational

M. EYDOUX-DÉMIANS

NOTES

D'UNE

INFIRMIÈRE

1914

PARIS

LIBRAIRIE PLON

PLON-NOURRIT ET Cⁱᵉ, IMPRIMEURS-ÉDITEURS

8, RUE GARANCIÈRE — 6ᵉ

1915

DOUX-DL ANS

OTES

D'UNE

RMÈRE

1914

PARIS

LIBRAIRIE ON

JRRIT ET Cᵉ, IMPR EURS-ÉDITEURS

8, RUE GARANCIE — 6ᵉ

915

Tous droi

NOTES D'UNE INFIRMIÈRE [1]

1914

NOS MALADES

C'est le 6 octobre que j'ai reçu de la supérieure de l'hôpital Saint-Dominique les lignes suivantes : « Un grand convoi de blessés vient de nous arriver. Nous ne pouvons plus suffire; le moment est venu de faire appel aux bonnes volontés. Je vous attends. » Une heure après, comme il est facile de le penser, j'étais à Saint-

[1] Ces notes n'ont que le mérite d'être profondément sincères, de ne donner que des impressions produites par des choses vues et entendues, de montrer quelques-unes des admirables découvertes d'âmes que l'on peut faire, à cette heure en France, dans une salle d'hôpital de province.

Dominique. Cet hôpital privilégié est placé sous la douce juridiction des sœurs de Saint-Vincent-de-Paul. Il y a quelques années, des administrateurs dévoués faisaient à Paris démarches sur démarches et, après avoir vaincu de nombreuses difficultés, ramenaient parmi nous les Filles de la Charité. Ils ne se doutaient pas alors qu'ils travaillaient pour les soldats de France, dont le visage s'illumine toujours d'une joie spéciale, sur la civière doulou reuse, quand ils aperçoivent, près du large porche d'entrée, la cornette blanche qui les attend.

Le cœur tout ému, j'entre dans la salle à laquelle je suis affectée. Les voilà donc ces enfants qui ont subi l'héroïque et terrible aventure. Je me rappelle leur départ dans les trains de notre merveilleuse mobilisation, ces trains hâtifs, qui s'élan-

çaient tous, enguirlandés de fleurs, vers
la même destination, vers la région de la
gloire et du sang. Avec eux passait à travers la patrie comme un long cri de guerre.
Nos petits soldats qui partaient avaient
vraiment une manière toute nouvelle de
crier : « Vive la France! » Ce n'était plus
un cri de parade, même au milieu des
fleurs qu'on leur jetait, c'était déjà le cri
de l'assaut et du suprême sacrifice. Je me
souviens d'un fantassin de vingt ans qui,
debout, les bras croisés au fond de son
compartiment, les yeux brillants, tous les
muscles de son visage pâle tendus, répé-
tait d'une voix menaçante : « Vive la
France, vive la France! » sans regarder
personne, — pour lui seul et pour la patrie, — et je sentais que ce cri voulait
dire : « Nous les aurons. Il faut que nous
les ayons, à n'importe quel prix. Pour

moi, d'abord, vous savez, ma vie ne compte plus. » C'est lui, peut-être, qui est revenu et qui dort sur ce premier lit, où une figure, à la fois énergique et enfantine, repose au milieu de linges sanglants l

Sœur Gabrielle me fait faire la tournée de nos malades. Le souvenir de certains d'entre eux se fixe plus particulièrement dans ma mémoire : Voici le n° 3 qui a reçu une balle dans la région du foie. Il est soumis à une immobilité absolue, car une hémorragie interne pourrait survenir d'un moment à l'autre. C'est un guerrier de vingt-trois ans, aux joues roses comme celles d'une jeune fille, aux candides yeux bleus. Il s'est battu comme un lion; mais ici nul n'est plus doux que lui et sa reconnaissance pour les moindres soins est touchante. — Le n° 8, le petit 8, comme on l'appelle, un engagé volontaire qui semble avoir quinze ans et qui devra vivre, durant de longues semaines, appuyé sur le côté droit, dans ce lit dur d'hôpital, à cause des abcès survenus à la suite de ses blessures. — Le 12, un chasseur. Il a reçu, près de la tempe gauche, une balle qui a été extraite dans le maxillaire droit et qui, en passant, avait décroché la langue. « Tout est remis en place, me dit la sœur, mais il ne peut pas encore parler et il devra apprendre de nouveau complètement, tout comme un petit enfant. En attendant, il faut, de temps à autre, venir deviner ce dont il peut avoir besoin. » — Le 17, un vaillant entre les vaillants, qui, sous le feu de l'ennemi, a fait 10 kilomètres sur les mains, en traînant un pied deux fois brisé, pour transmettre l'ordre dont il était porteur. Ses blessures le font toujours cruellement souffrir et cependant

il semble illuminé d'une étrange joie inté-
rieure. — Le 24, surnommé le petit crible
à cause de ses quinze blessures. — Le 32,
qui souffre un vrai martyre. Sa jambe a
été littéralement broyée par des éclats
d'obus. On se demande même si elle
pourra être conservée, mais, suivant les
règlements de la chirurgie de guerre, on
prolonge l'essai. Des injections assainis-
santes sont faites, deux fois par jour, jusqu'aux os. — Le 30, qui a un œil perdu
et deux fractures ouvertes au bras droit.
Comme je lui dis · « Vous avez donné
beaucoup de choses à la France », il me
répond : « C'est bien le moins. » Et il
ajoute en riant : « J'étais si maladroit de
mes mains. Ça m'apprendra à devenir
habile, même de la main gauche. »

Des plumes éloquentes parlent chaque
jour de l'héroïsme de nos blessés; mais

nous lasserons-nous jamais d'entendre revenir, comme un *leitmotiv,* dans tout ce
qui touchera aux tragiques événements de
1914, cet incomparable hommage rendu
aux qualités morales de la nation française? On ne saurait trop le répéter avec
admiration : *nos blessés,* c'est-à-dire ceux
qui reviennent de cet enfer « dont rien ne
peut dépeindre l'horreur », avouent-ils
eux-mêmes; ceux qui ont marché au-
devant du terrible « rideau de fer en mouvement », auquel un officier comparait la
masse des balles et des obus, « masse
compacte jusqu'à obscurcir le jour, sur la
ligne de feu », disait-il; ceux enfin qui
ont senti dans leur chair l'affreuse morsure
du-fer ennemi et qui ont cimenté de leur
propre sang le mur d'hommes devenu
notre vivante frontière, ceux-là mêmes ne
sont pas à bout de courage, écrasés, hor-

régimes » qu'elle envoie pour les plus
alades sont souvent, malgré toute sa
onne volonté, bien peu appétissants.
'est ainsi que je viens de porter au n° 13,
ui est dévoré par une fièvre tenace (une
alle lui a traversé le poumon), une soupe
u lait qui dégage une forte odeur de brûlé
t dans laquelle des morceaux de riz mal
uits nagent en paquets. Je pose l'assiette
ur son lit, en soupirant un peu. Comprend-
: ce que j'éprouve? En tout cas, il ne ma-
ifeste aucune répugnance et, un quart
l'heure plus tard, quand je passe devant
ui, il m'appelle du geste et me dit gentiment · « C'était délicieux, madame! »
Voilà comment ils sont tous.

rifiés, anéantis, non. Ils s'oublient eux-
mêmes pour parler en souriant du grand
espoir que nous savons tous; ils se montrent touchés, profondément, naïvement
touchés, des quelques heures de fatigue
que l'on s'impose chaque jour pour eux
qui ont donné jusqu'à leur vie.

On me trace ma tâche; je me mets à
l'œuvre et je suis remerciée presque avant
d'avoir agi : « Vous voir travailler ainsi
pour nous, c'est un peu trop fort! » —
« C'est égal! jamais on n'a été servi de la
sorte! » Et pas difficiles, contents de tout,
eux qui souffrent tant, qui auraient droit à
toutes les gâteries. Hélas! ils sont en trop
grand nombre (ce seul hôpital atteint le
chiffre de mille), pour qu'on puisse leur
donner les petites douceurs qu'on aime-
rait leur prodiguer sans compter. La
sœur cuisinière est surmenée, et même les

« régimes » qu'elle envoie pour les plus malades sont souvent, malgré toute sa bonne volonté, bien peu appétissants. C'est ainsi que je viens de porter au n° 13, qui est dévoré par une fièvre tenace (une balle lui a traversé le poumon), une soupe au lait qui dégage une forte odeur de brûlé et dans laquelle des morceaux de riz mal cuits nagent en paquets. Je pose l'assiette sur son lit, en soupirant un peu. Comprend-il ce que j'éprouve? En tout cas, il ne manifeste aucune répugnance et, un quart d'heure plus tard, quand je passe devant lui, il m'appelle du geste et me dit gentiment · « C'était délicieux, madame! » Voilà comment ils sont tous.

SŒUR GABRIELLE

J'étudie avec émotion l'admirable vision d'âmes que composent la Sœur de Charité et le soldat blessé. Cette vision entrait toujours, comme élément surnaturel, dans nos tableaux de guerre, et voilà que nous la retrouvons, — presque miraculeuse ment, — en cette lutte suprême de 1914!

Sœur Gabrielle, qui dirige ma salle, tout abritée qu'elle soit par son nom d'archange, est fille d'un général, je le sais. Elle avait trois frères sous les drapeaux. L'aîné, tout jeune capitaine, vient de mourir au champ d'honneur. J'ai appris par hasard les détails de cette mort. Le capitaine X..., couvert du sang que répandaient déjà trois blessures, combattait encore depuis plusieurs heures à la tête de ses hommes, quand il fut atteint d'une balle en plein front. Il tomba en criant : « En avant! En avant! Ne reculez pas ; c'est mon dernier ordre. »

Sœur Gabrielle a été informée, la semaine passée, du deuil glorieux qui la frappait. Autour d'elle, personne n'a pu deviner sa douleur. Peut-être son sourire pour les malades a-t-il été, ce jour-là, plus compatissant, plus tendre, à cause de la pensée de celui qui avait enduré seul, dans la forêt des Vosges, la minute de suprême agonie. Mais si compatissante que sache être sœur Gabrielle, jamais elle ne va jusqu'à la faiblesse et l'amollissement. Sa manière d'être avec les soldats est un je ne sais quoi d'angélique, de maternel et de viril tout à la fois. Ces hommes qui lui

SŒUR GABRIELLE

[...] admirable vision [...] comprennent la Sœur de Charité [...] Leur vision entrait toujours [...] surnaturel, dans [...] de guerre, et voilà que nous [...] héroïque, miraculeuse[...] la minute battre suprême de 1914!

[...] qui dirige ma salle, [...] que désigne qu'elle sait par son nom d'artiste, une fille d'un général, je le sais [...] tenir bonne sous les drapeaux [...] jeune capitaine, vient de mou[...] au champ d'honneur. J'ai appris par [...] les détails de cette mort. Le capitaine [...] source du sang que répan-

, combattait en-
res à la tête de
ıt atteint d'une
mba en criant :
Ne reculez pas ;

informée, la se-
glorieux qui la
personne n'a pu
u être son sourire
, ce jour-là, plus
de, à cause de la
enduré seul, dans
mnute de suprême
p ssante que sache
jmais elle ne va
et l mollissement. Sa
es oldats est un je ne
e, e **maternel**

arrivent de tous les points de l'immense et terrible champ de bataille deviennent immédiatement *ses enfants* (et il n'est pas de mère dont la sollicitude soit plus prévoyante et plus dévouée), mais elle n'oublie jamais leur titre sacré de *soldats*. Elle ne doit pas émouvoir leur sensibilité, elle le sait. Elle se reconnaît, au contraire, l'essentielle mission de soutenir secrètement leurs forces morales, pour affronter maintenant, après le feu, la salle d'opérations, l'épuisante souffrance journalière, la mort peut-être qui guette toujours des proies, dans cette salle de quatre-vingts lits, réservée aux grands blessés.

Sœur Gabrielle voudrait les sauver tous. Quelle tâche! Quelle lutte! Elle est debout jour et nuit. Les infirmiers ont ordre de la réveiller au moindre symptôme inquiétant, et avec le véritable élan maternel, celui qui

aide à surmonter les plus écrasantes fatigues, elle revient, inlassable, aux chevets douloureux. Dans les demi-ténèbres de la salle, elle prépare hâtivement le sérum qui prolongera la vie; elle fait la piqûre; elle dit les douces paroles nécessaires à ceux qui souffrent ainsi dans la nuit. Il est une heure, deux heures du matin. Quand sonneront quatre heures, la nuit sera terminée pour elle. Perdue dans la longue file des cornettes blanches, elle se rendra à la chapelle et y puisera pour vingt-quatre heures encore la force de mener cette vie surhumaine. Voilà « une âme véritablement maîtresse du corps qu'elle anime ». Elle est mince et frêle, gravement atteinte, dit-on; elle était bien malade il y a un mois. Quand on lui parle de sa santé, elle vous interrompt avec un peu d'impatience ·
« Nous nous sommes données *corps* et

âme, par nos vœux. Durer un peu plus ou un peu moins n'a aucune importance. L'essentiel est de remplir sa tâche. D'ailleurs, ajoute-t-elle, en désignant ses malades, ils ont sacrifié leurs vies pour la France, il est tout naturel que, s'il le faut, nous sacrifions les nôtres pour les soigner. »

Et vraiment, à vivre dans cette atmosphère, on arrive, en effet, à trouver naturel cet héroïsme réciproque. Eux, les héros, — le soldat français et la Fille de la Charité, — n'ont pas besoin de se donner d'explications, de se faire des phrases pour se comprendre. Il existe véritablement entre eux, par-dessus les différences de classes et de vie, une intimité d'âme réelle et touchante. Quand elle passe, muette et de son pas rapide, devant les longues rangées de lits où l'on souffre tant sans se plaindre, ils savent bien qu'elle n'a pas le temps de s'arrêter auprès de chacun d'eux, avec ces mots que la souffrance semble appeler, mais qui risquent de la rendre plus vive et moins noblement supportée. Ils savent aussi qu'elle sera là dès que sa présence deviendra nécessaire, et que si, dans le secret, son cœur de femme les plaint, les plaint incessamment, son cœur de Française tressaille d'orgueil devant eux.

A nous, quand ils n'entendent pas, elle nous parle de « ses enfants » sans contrainte, avec toute son admiration et toute sa pitié : « Ah ! si vous saviez comme ils sont courageux. Il faut les suivre jour et nuit comme moi pour s'en rendre compte, les voir arriver dans la salle d'opérations, bravement, le sourire aux lèvres, sur la civière. Il faut les voir mourir **aussi**... » Les yeux de sœur Gabrielle se remplissent

de larmes à la pensée de tant de jeunes
vies qui s'éteignent, — qui s'éteindront,
hélas ! — dans ses bras.

Il faut vraiment que cette femme, jeune
et faible, porte en elle une surnaturelle
énergie pour supporter sans jamais faillir
le terrible poids de souffrances qui meur-
trissent son cœur silencieux, en torturant
sans trêve autour d'elle la chair de nos
soldats.

Les blessés sont malhabiles à lui exprimer leur reconnaissance. Mais ils savent
bien qu'elle devine ce qu'ils éprouvent,
rien qu'à la manière timide et répétée dont
ils lui disent : « Merci », à la confiance
avec laquelle ils lui communiquent leurs
lettres, les nouvelles reçues de leurs familles, à l'empressement qu'ils mettent à
lui rendre mille petits services, dès qu'ils
vont mieux, et surtout au respect, au res-

pect touchant, rempli d'étonnantes déli
catesses, dont ils n'oublient jamais de
l'entourer, même dans les moments de
plus cruelle douleur.

En s'adressant à sœur Gabrielle, ils
n'emploient jamais les formules banales
qu'ils ont avec les autres infirmières ·
« Vous allez vous fatiguer. Vous en faites
trop. » Non, la Sœur est un être immaté-
riel à qui l'on n'oserait pas rappeler les
communes faiblesses de l'humanité. Mais,
quand ils la regardent passer, avec ses yeux
purs largement cernés de fatigue, sa démarche lasse et son inaltérable douceur,
je les entends souvent murmurer · « On
devrait la décorer ! »

UN SOIR D'ARRIVÉE

Mieux encore que les journaux et les communiqués officiels de la guerre, l'hôpital nous tient en relations constantes avec le front. Parmi le convoi d'hier, quarante blessés sont arrivés directement de l'Aisne chez sœur Gabrielle. C'était à la tombée du jour. Je n'oublierai jamais le spectacle qu'offrait cette salle. Les civières se succédaient les unes aux autres. Elles étaient portées lentement, en silence, par les brancardiers qui les posaient à terre auprès des lits hâtivement préparés. Ici ou là, on entendait retentir un cri de douleur impossible à réprimer, mais pas de plaintes, pas de gémissements continus.

Et cependant, quand on se penchait sur la glorieuse · et lamentable capote bleue, trouée de balles et maculée de la boue des tranchées, quand on enlevait le képi raidi par l'eau des longues pluies, on apercevait, dans l'étincellement des regards fiévreux, de pauvres visages défaits aux traits ravagés, creusés par la souffrance. Mais tout de suite, aux moindres paroles, se retrouvait la belle vaillance bien connue. Par exemple, ils avaient des supplications enfantines et touchantes. Ainsi, quand il fallait soulever un membre trop doulou reux ou enlever un vêtement qui serrait une blessure : « Oh ! pas l'infirmier, pas l'infirmier, demandaient-ils tous, la sœur ou la dame! » On a assez peu compté avec la souffrance, on s'est traité assez dure ment soi-même, n'est-ce pas? pour avoir droit maintenant à la douceur des mains féminines. Et certes, c'est bien notre moindre devoir d'être là pour leur donner cette douceur, tant qu'il y aura un blessé à attendre, tant que l'apaisement complet de la victoire ne sera pas enfin descendu sur nos terribles champs de combat.

Les premières paroles échangées entre les nouveaux arrivants et leurs voisins de lit n'ont pas pour objet les souffrances de chacun, mais la France d'abord et avant tout. « Comment ça marche-t-il, là-bas ? — Bien, on les aura. » Puis les nouveaux venus, épuisés, sombrent dans le fiévreux sommeil, où ils se débattent parfois plusieurs jours, entre la réalité et le cauchemar persistant des visions qui les poursuivent.

Ce soir-là, dans la salle toujours silencieuse, mais plus enfiévrée que d'ordinaire, j'entends le bruit de sanglots étouffés. C'est le n° 25, un grand et beau jeune soldat que je vois chaque jour endurer, sans mot dire, des pansements qui sont une vraie torture, et qui sanglote à présent, la tête enfouie dans son traversin honteux de ses larmes, mais impuissant à les retenir. Je m'approche, j'essaie d'interroger, mais sur les peines qui atteignent l'intime et le meilleur de leur cœur, ils ne s'expliquent pas facilement. — « Merci, madame, ne vous inquiétez pas de moi, je n'ai besoin de rien. — Vous souffrez davantage, peut-être? — Je souffre, oui, terriblement, mais ce n'est pas ça. — Qu'est-ce que c'est alors? Vous ne voulez pas me le confier? » Il refuse encore, puis, tout à coup, sous la pression du chagrin : « Oh! si, je veux bien vous le confier. Je vais vous dire... Le camarade qui attendait, près de moi, le moment d'être couché, m'a appris la mort de mon meilleur ami qui était de son régiment et qui a été tué près de lui. Ah! madame, c'était un garçon si gentil, si dévoué, si courageux. Nous avions été élevés ensemble; c'était plus que mon camarade, c'était mon ami. » Il pleure, il pleure... Il avait tout supporté sans faiblir : le perpétuel voisinage de la mort, la vie si dure des tranchées, l'incessante souffrance physique; mais la mort de son ami le brisait, le jetait à terre. Et tandis que je lui murmurais les paroles bien impuissantes, hélas! qui ne changent rien à la douleur, mais qui font du bien tout de même, je l'entendais sangloter dans son oreiller : « Mon ami a été tué. Mon ami a été tué! » Son ami — quand on sait ce qu'est pour eux *le camarade*, on devine tout ce que peut être *l'ami*.

Sœur Gabrielle, qu'un instinct infaillible

amène toujours vers les lits où souffrent le
plus ses enfants, a passé près du n° 25 et
s'est arrêtée un instant. Elle n'a rien demandé ; elle a posé la main, d'un geste
caressant, sur la tête brune, si jeune et si
virile, et elle a dit de sa douce voix ferme :
« Allons, mon petit, allons, du courage !
Tout cela, c'est pour la France. » Puis
elle s'est tournée vers moi : « Avant la
nuit vous voudrez bien faire une partie de
dominos avec cet enfant, n'est-ce pas,
madame ? Il représentera le camp des
Français, et il faudra que, demain, il me
dise qu'il a gagné. » Et de son pas rapide,
elle s'est dirigée vers la salle d'opérations.
A travers ses larmes le jeune soldat sou-
riait, le cœur dilaté, dans sa détresse, de
se sentir ainsi traité comme un enfant. Ils
en ont tant besoin après avoir fait si vaillamment œuvre d'homme[1]

DE L'UN A L'AUTRE

Il est réconfortant de les entendre parler
de leurs chefs comme vient de me parler
de son capitaine un soldat du 149ᵉ d'infan
terie : « Ah! je puis le dire, mon capitaine
il a *du sang au front*. Chez lui, ce n'est pas
du « chiqué ». Je l'ai vu, debout sous les
balles qui sifflaient, donner ses ordres sans
broncher, sans reculer d'un centimètre,
comme s'il avait été assis à son bureau et
que des mouches aient bourdonné autour
de sa tête. Et gentil avec ça, bon pour les
hommes, toujours gai. On a de la chance
de marcher avec lui! »

Je l'interroge sur sa campagne, et il
parle volontiers, n'ayant que de bonnes

choses à dire; les taciturnes sont ceux qui cachent de tristes souvenirs.

« C'est nous qui étions. chargés de prendre le village de S... où se trouvait l'ennemi. Mon capitaine, qui faisait l'office de chef de bataillon, nous a rassemblés et nous a dit : « Paraît qu'il y a deux « ou trois Boches là dedans. On va les « sortir, n'est-ce pas? » On savait bien de quoi il retournait; mais on riait et on y allait de bon cœur. Quels combats! Deux jours de batailles sanglantes dans les rues. Enfin, le village a été nôtre. Nous avons passé une nuit de repos, dans une ferme aux trois quarts démolie. En y arrivant, nous avons découvert dans un coin un malheureux porc qui s'était réfugié là, épouvanté par la fusillade. Ça tombait bien, nous avions l'estomac creux. « En « avant encore sur ce Boche-là! » a commandé le capitaine. Après avoir mangé, dormi, nous avons été rassemblés le lendemain : « Eh bien! mes enfants, nous « risquons de moisir ici! Si on allait un « peu voir ce qui se passe plus loin? » On a marché en avant, mais l'ennemi qui était en nombre a commencé tout de suite à nous tirer dessus. Mon capitaine ne nous expose jamais inutilement. Il nous a fait coucher dans des tranchées abandonnées. Il y avait là des cadavres, des chevaux pourris et de l'eau! de l'eau! Il pleuvait sans cesse. Nous avons passé la nuit, baignés jusqu'à mi-corps. Ce qu'on riait! »

On riait…, ce mot revient à chaque instant dans leurs récits et de la manière la plus inattendue. Ah! ce courage français qui n'est pas seulement l'âpre lutte avec le danger, mais qui en est aussi le dédain, la moquerie, ce courage élégant de nos pères, comme on l'a vite retrouvé chez nous.

Mon fantassin du 149ᵉ a été saisi d'une émotion touchante quand je lui ai appris que je connaissais bien « la dame » de son capitaine : « Dites-lui qu'elle peut être fière et que je retournerai volontiers là-bas, à cause du pays comme de juste, mais aussi et beaucoup à cause de mon capitaine. » Je lui appris alors ce que je réservais pour la fin de notre entretien, à savoir que son capitaine, si jeune fût-il, venait de recevoir le grade de Chef de bataillon et la croix de la Légion d'honneur et que, grâce à lui sans doute, le régiment tout entier était porté à l'ordre du jour. Je renonce à dépeindre la joie désintéressée et émouvante du soldat.

J'ai vu, près du nᵒ 3, une paysanne du Cher en coiffe blanche et un vieillard qui

porte sur sa poitrine la médaille de 70.
« Ce sont les parents, m'a expliqué sœur
Gabrielle. Je les ai fait avertir. Ce pauvre
enfant est en danger. Heureusement, je
viens d'obtenir de l'administration la permission de laisser la mère passer les nuits
ici. »

Je fais donc connaissance avec les
Mèchin, paysans français de l'ancienne
race, irrévocablement attachés à la terre.
Ils espèrent, ils sont sûrs que leur enfant
guérira. Le malade ne dit rien. Ils sont
ainsi, nos soldats. Pas d'attendrissements
inutiles; pas de peine faite aux parents.
Qui sait, d'ailleurs, à quoi se réduit leur
regret de la vie, après le tragique voyage
accompli aux frontières? L'âme, qui s'est
élevée jusqu'à l'absolu sacrifice, doit posséder un détachement nouveau. Le petit
soldat ne se fait pas d'illusions, sœur

Gabrielle me l'a dit, et comme je témoigne mon admiration pour l'étrange force morale dont il fait preuve, elle me répond fièrement : « Mais ils sont tous ainsi ! »

Au moment où je vais quitter la salle, le malade m'appelle des yeux. Je m'approche et me penche vers lui : « Avez-vous besoin de quelque chose ? » Il fait signe que non et, avec un grand effort, il soulève sa main hors du lit et me la tend en murmurant : « Merci. » Je comprends..., c'est un adieu. Il pense que peut-être il ne sera plus là demain quand je reviendrai.

NOS INFIRMIERS

Le corps des infirmiers n'est pas toujours sympathique. Je dois dire cependant que, dans la salle où je m'emploie, cha-

cun remplit son devoir, grâce sans doute
à l'active surveillance de la Sœur, grâce
aussi peut-être à trois personnalités d'infirmiers singulièrement émouvantes qui se
trouvent là.

Et d'abord, Nicolas Indjematoured,
vingt-deux ans, Grec, sujet ottoman. Il
remplissait un emploi fort lucratif, et dont
il était très fier, dans une banque de Cons-
tantinople, quand la guerre a éclaté. Il n'a
pu supporter l'idée d'être amené à se
battre contre la France avec les Allemands et il n'a pas hésité à abandonner
sa situation. Évitant de revoir sa vieille
mère à laquelle, avant de partir, il a assuré
par testament tout son petit avoir, il a
pris passage, par surprise, dans un
paquebot qui l'a débarqué à Marseille.
Engagé à la Légion comme volontaire, il
a été envoyé ici. Mais, dès son arrivée, il

s'est blessé gravement au doigt et on l'a
conduit à Saint-Dominique pour être
soigné. Il m'explique son état d'âme avec
émotion et simplicité : « Vous comprenez,
madame, combien je suis honteux de me
trouver dans ce milieu de braves sans
avoir encore rien fait pour la France.
Heureusement que je puis aider la sœur à
les servir. C'est un grand honneur pour
moi. » Dans la salle on l'appelle « le petit
Grec ». Il est, du matin au soir, à la dispo-
sitiou des blessés, qu'il traite avec un respect touchant, et il refuse obstinément de
recevoir de l'administration la moindre
rémunération.

Boisset, petit infirmier trapu, d'une
soixantaine d'années, est un ancien dans
l'hôpital. Ex-pâtissier sans famille, il a été
soigné et opéré à Saint-Dominique il y a
dix ans. Son cas appartient à la mysté-

rieuse histoire des conversions, des trans-
formations d'âmes qui s'accomplissent
secrètement dans le voisinage de la cha
pelle en forme de croix, largement ouverte
par ses quatre portes sur les salles douloureuses.

Boisset, une fois guéri, a sollicité la
permission de ne plus quitter l'hôpital,
« souhaitant, a-t-il dit, d'y consacrer sa
vie pour l'amour de Dieu, au service des
pauvres malades ». Ce langage ne rap-
pelle-t-il pas celui des frères de saint
François? Comme eux, Boisset a renfermé
toute sa vie dans ces deux mots : simplicité, héroïsme. Il est au service des autres
nuit et jour, ainsi qu'il l'a désiré. La Sœur
l'appelle « son bras droit », ce dont il ne
se montre pas fier à demi. C'est à lui
qu'on a recours, sans craindre jamais de
le déranger, s'il s'agit de soulever un

opéré particulièrement délicat, d'accomplir quelque pénible besogne. — «Boisset!
Boisset! » On ˙est habitué à entendre
retentir ce nom à chaque instant. Et Boisset, inlassable, court d'un lit à l'autre, de
son pas menu et fatigué qui ne s'arrête
jamais. Dans ses moments de loisirs, il se
rappelle son ancien métier et, implorant
de la sœur cuisinière quelques restes de
lait et de blancs d'œufs, il confectionne
pour ses chers malades des plats doux très
appréciés. Ce qui me frappe surtout chez
Boisset, c'est *son esprit de joie*. Cet
homme, qui mène volontairement la plus
pénible des existences, a toujours le sourire aux lèvres et l'allégresse dans le cœur.
Dans le petit recoin où il fait la˙ vaisselle
des malades, on l'entend fredonner des
cantiques, en particulier le *Magnificat*
qu'il affectionne beaucoup, m'a-t-il confié,

parce que c'est le chant de la joie. Quand
je me trouve avec Boisset, j'ai toujours
envie de lui parler de « Dame Pauvreté »
et de « la Charité, sa princesse ».

Notre troisième infirmier, le marquis de
X..., appartient à l'une des plus grandes
familles d'Italie. Sa mère était Française
et, depuis le début des hostilités, « il sentait, écrivait-il, bouillir dans ses veines son
sang français ». Il a trouvé alors un moyen
simple et admirable de faire quelque
chose pour la patrie de sa mère, en venant
se mettre au service de nos blessés, « afin
de remplir les plus humbles tâches », a-t-il
bien spécifié. Sa demande a été exaucée.
Il accomplit chaque jour, du matin au
soir, les besognes humbles et souvent
répugnantes qui ne semblent jamais le
rebuter. Il est mêlé à la foule anonyme
des infirmiers; mais les malades savent

bien le distinguer, et les consolations, les soins qu'il leur apporte, leur sont tout particulièrement doux, parce qu'ils renferment l'admiration d'une grande âme et de toute une race envers le soldat français.

Le premier jour de son arrivée, le marquis de X..., après avoir fait le tour des blessés, s'approche de moi, les larmes aux yeux :

« Quelles admirables réserves d'énergie et d'héroïsme gardait le peuple français, me dit-il avec émotion. Entendre ces jeunes gens raconter les dangers qu'ils ont courus et parler de leurs souffrances non seulement sans se plaindre, mais en riant, *c'est plus beau que tout.* »

LES MOMENTS OU L'ON PARLE

Sœur Gabrielle m'a abordée aujour-
d'hui avec un lumineux sourire : « Nous
sauverons décidément la jambe du 32. Le
travail d'assainissement est accompli; la
chair commence à se reformer dans la
blessure. » Elle est radieuse. Voilà ses
joies, les seules qu'elle demande à la vie.
Tout le reste n'existe pas, n'existera jamais
pour elle, et cependant son visage est bien
jeune. Inclinons-nous devant de telles existences! Dans un éclair, je comprends la
cause profonde de cette intimité d'âme
qui règne entre sœur Gabrielle et nos soldats : elle comme eux, ils ont tout donné,
jusqu'à eux-mêmes. Seulement, elle, c'est

pour toujours et dans toutes les circonstances... Je lui demande ce qu'elle pense
du n° 3 qui semble se remonter un peu.
Elle secoue la tête avec tristesse · « Les
parents sont pleins d'illusions; mais on ne
peut que le prolonger à force de soins. »
Triste, oh! combien triste. — Un peu plus
tard, le père Mèchin vient me parler à
voix basse de son fils : « Un enfant parfait,
madame, qui ne nous a jamais donné une
heure de chagrin. Lui qui s'est si bien
battu, il est doux comme une fille à la
maison et pas buveur, pas dépensier. Fi-
gurez-vous qu'il a économisé mille francs
par petites pièces, depuis son enfance.
Nous n'avons pas voulu qu'il les entame
pour aller à la guerre; nous avons préféré
nous gêner pour lui donner quelque chose
et lui laisser cette petite somme qu'il sera
bien content de trouver quand il se ma-

riera. » Quand il se mariera... hélas! le pauvre enfant! Une terrible épouse le guette qui ne renoncera pas à lui. Mais il a marché au-devant d'elle avec tant de courage que peut-être, maintenant, sans crainte, il devine son approche. Il est bien faible, mais il fait signe qu'il veut me parler. Je me penche sur son lit et il murmure à mon oreille : « J'ai communié ce matin; je suis bien content. » Justement, je lui apporte une médaille de la Sainte Vierge. Il sourit de plaisir et je suis émue, jusqu'au fond de l'âme, en le voyant baiser la médaille et puis la placer sur son cœur.

Il faut encore faire connaissance avec de nouveaux malades. Dès que nos blessés vont mieux, on nous les enlève, pour laisser les lits à de plus atteints, dans cette salle réservée aux grands opérés. « On n'a jamais la consolation de les voir complè-

tement guéris », m'avait avertie sœur Gabrielle avec un soupir. Je m'arrête devant
un petit Turco qui a pris part à la bataille
de l'Aisne. Il a les deux jambes brisées.
Son visage se crispe de souffrance et quelques gémissements lui échappent, aussitôt
réprimés. Il s'en veut de se plaindre et
s'admoneste ou me prend à témoin, je
ne sais, mais je l'entends qui murmure :
« Voyons ! Quand on pense à ceux qui restent là-bas, est-ce qu'on devrait gémir ?
On est les plus heureux ; c'est même pas
juste ! » Ceux qui restent là-bas ! L'imagi
nation recule devant les tableaux évoqués
par ces simples mots, ceux qui restent
dans le froid et la nuit, sous l'incessante
menace d'un ennemi barbare, seuls pour
agoniser, pour mourir, ceux qui voient,
sans même le secours d'un pansement, leur
sang s'échapper de leur chair meurtrie et

tomber jusqu'à la dernière goutte, sur la
terre de France. Je me rappelle les paroles
d'un autre blessé : « Après la bataille, ce
jour-là, on ne s'entendait plus dans les
tranchées, à cause des cris des blessés.
C'était comme une grande clameur inin-
terrompue. On distinguait des appels, des
prières, des supplications, des noms de
femmes. Puis, peu à peu, le silence se faisait, à mesure que beaucoup mouraient.
Ce qu'on entend retentir le plus longtemps, d'un bout à l'autre du champ de
bataille, c'est le mot de « Maman ! » Ce
sont toujours ceux qui vont mourir qui
appellent ainsi ; nous le savons bien, maintenant. Hélas ! que ne savent-ils pas, maintenant, des angoisses, des horreurs de la
mort ! Il faut bien arriver, comme le
Turco, à qualifier d'heureux ceux que leur
destin ramène jusqu'à l'hôpital. Et, cepen-

dant, même ceux-là, comme ils souffrent!
Tortures physiques, auxquelles viennent
s'adjoindre trop souvent les pires tortures
morales. « Depuis deux mois que je suis
parti, aucune nouvelle de ma famille ne
m'est parvenue, me dit un soldat, sauf
une dépêche m'annonçant la mort de mon
père. » Un autre a perdu une fille de
quinze ans qu'il adorait, deux heures avant
son départ. « Son corps était encore tiède;
ma femme était comme folle de douleur. »
Ils vous disent ces choses sans plaintes. La
France appelait; c'était tout naturel de
répondre, même en s'arrachant aux pires
douleurs, aux plus grandes affections, aux
plus vifs bonheurs, parfois, comme ce
jeune ingénieur de vingt-cinq ans, marié
depuis onze mois à une jeune fille de dix-
huit ans, tout un roman! Il avait été ré-
formé pour un défaut à l'œil, mais, de

concert avec sa femme, il décida que cela
ne comptait plus devant la mobilisation et
qu'il fallait partir. Deux jours après la
naissance d'un beau garçon, — « un futur
soldat », disait la mère, — il quittait sa
vie de luxe et de tendresse pour se rendre
à la caserne comme simple soldat, encou-
ragé par la petite Parisienne que l'on avait
pu croire jusque-là toute absorbée par le
monde et les toilettes.

QUI ON AIME PENDANT LA GUERRE

Cette effroyable guerre, on la maudit de
toute son humanité et, cependant, dix fois,
vingt fois par jour, on ne peut s'empêcher
d'admirer ses merveilleux effets, au point
de vue moral. « La guerre est un fléau de
Dieu », nous apprend l'Écriture. Il faut

bien que ce fléau émane de Dieu même, pour emporter si haut dans les souffrances qu'il cause des âmes qui, sans lui, auraient toujours végété dans la médiocrité des intérêts personnels à courte vue et des passions vulgaires C'est le niveau moral de la nation tout entière qui monte, monte incessamment depuis trois mois.

J'entendais, ce matin, un soldat de vingt-cinq ans qui a les deux bras fracturés demander à son infirmier à qui il pourrait dicter quelques lettres. « A la dame qui vient tous les soirs faire la tournée de correspondance. Mon pauvre vieux, tu seras obligé d'en passer par là ! — Eh bien ! qu'est-ce que ça me fait ? — Eh ! eh ! dit l'infirmier, d'un air malin, ça dépend à qui l'on écrit... » L'autre haussa les épaules, d'un mouvement de suprême dédain. « Autrefois, je ne dis pas ; mais à

présent, tu sais, c'est différent. En temps
de guerre, on pense à la mère, et c'est
tout. » Ah! douloureux, mais saint temps
de guerre, qui purifie notre jeunesse, qui
reprend toutes nos puissances affectives
pour les faire passer par un creuset nouveau, d'où elles sortent épurées et noblement orientées. Chacun de nous, il me
semble, pourrait énumérer, dans le secret
de sa vie, un certain nombre d'actes, de
préoccupations qui « n'existent plus en
temps de guerre », parce qu'ils étaient
coupables, tout au moins, de futilité, d'in-
conscient égoïsme.

LEUR FIERTÉ

On ne sait pas assez combien nos soldats sont peu solliciteurs et fiers. Je l'ai

appris par ma propre expérience. Au début, quelques-uns me confiaient des commissions à leur faire : « Voudriez-vous me rapporter un paquet de tabac, une tablette de chocolat? » Vite on cherchait le porte-monnaie sous l'oreiller ; mais je refusais naturellement de prendre l'argent et je refusais aussi de me laisser rembourser. Quand cette manière de faire a été connue dans la salle, c'est très simple, on m'a mise de côté. C'est en vain que j'offrais mes services ; je n'essuyais plus que des refus : « Merci bien, madame ; nous n'avons besoin de rien. » Et je les voyais, en se cachant de moi, donner leurs messages aux infirmiers les moins suspects de générosité. J'ai dû m'amender et promettre de me laisser rembourser désormais, quitte à faire de petits cadeaux indépendants.

Les blessés qui ont été dévalisés par les

Prussiens sur le champ de bataille, et qui
n'ont plus rien, rien, pas même un mou-
choir, pas même deux sous pour acheter
un cigare, se privent de tout, stoïquement,
plutôt que de formuler la moindre demande. Ils savent bien qu'on s'empresse-
rait à les satisfaire, mais ils savent aussi
que les besoins sont immenses et ils pen-
sent aux autres, — toujours l'école de
la guerre! J'en ai vu un qui commençait à
se lever et qui restait des heures assis sans
bouger, les pieds obstinément placés sous
son lit. J'ai fini par apprendre d'un voisin
qu'il marcherait bien volontiers, mais qu'il
n'avait pas de chaussettes et qu'il ne voulait pas circuler pieds nus, parce qu'on lui
en donnerait tout de suite. « Voyons, pour-
quoi ne le disiez-vous pas? » lui ai-je de
mandé en lui apportant des chaussettes.
« Eh! bien, madame, on sait qu'il y a tant

d'autres camarades qui en ont besoin
aussi ! » Ils veulent qu'on donne à tous ou
qu'on ne donne pas. Nous n'avons qu'à
leur obéir et à travailler, travailler en
France !

LA MORT D'UN SOLDAT

Le petit soldat Mèchin a eu, pendant la
nuit, une hémorragie grave ; il était dans
la salle d'opérations quand je suis arrivée
à l'hôpital ce matin. « La Sœur a envoyé
les parents prier à la chapelle », m'a-t-on
expliqué. Le service des malades s'est
poursuivi comme à l'ordinaire : rien ne
doit arrêter l'ensemble du rouage. Vers
dix heures, j'ai vu revenir le brancard
porté à pas lents, avec des précautions
infinies. Sœur Gabrielle marchait tout

auprès et ne cessait de répéter : « Doucement, plus doucement encore. » Le visage
du petit soldat était d'une pâleur cadavé-
rique ; ses yeux, qui semblaient disparaître
dans les orbites, étaient fermés. Quand on
le souleva pour le déposer sur son lit, la
secousse, si légère fût-elle, détermina la
suprême crise. Le souffle, lent et insaisis-
sable, se précipita étrangement ; les candides yeux bleus s'ouvrirent, dilatés,
immenses, et cherchèrent quelqu'un.

« Il veut ses parents, me dit tout bas la
Sœur ; allez vite les chercher ; c'est la fin. »
Dans la calme chapelle qui ouvre sur les
grandes salles, les pauvres Mèchin pleu
raient et priaient. Je les appelle ; la mère
joint les mains en se tournant vers moi :
« L'opération a réussi, n'est-ce pas,
madame ? — Hélas ! je ne sais pas ; je
crains que non ; mais il faut venir bien

vite. » Les larmes l'aveuglent; elle ne voit pas les marches; elle trébuche; je dois lui donner le bras. Dès qu'elle approche de son enfant, elle distingue l'ombre de la mort sur le cher visage; elle va pousser un cri de douleur que sœur Gabrielle arrête en mettant un doigt sur ses lèvres, — il faut entourer d'une si grande paix les petits soldats qui meurent. « Voilà votre maman qui est là tout près de vous », dit la voix calme de la Sœur à l'oreille du mourant, « elle vous embrasse; voilà aussi votre papa. Et voilà le Crucifié, Notre-Seigneur, ici sur vos lèvres. » Le petit soldat baise la croix et sourit à sa mère; puis ses yeux, largement ouverts et comme attirés par un invincible attrait, se détournent, se fixent vers la fenêtre ouverte en face du lit et par laquelle on aperçoit l'infini du ciel. Plus rien jusqu'au

dernier soupir ne fera dévier son regard.
Où ai-je déjà contemplé cette scène? Je
me souviens... c'était en Grèce, à Athènes,
l'année passée. Dans la salle des tom-
beaux, un simple et admirable monument
funéraire représente le mort, un beau
jeune homme de vingt ans, debout, prêt à
partir. Ses parents, aux visages ravagés de
douleur, tendent les bras derrière lui,
l'appellent. Mais lui, si calme dans la
pureté du marbre blanc, les yeux comme
fascinés, regarde fixement de toute sa
pensée, de toute son âme, loin, on ne sait
où. En passant devant ce chef-d'œuvre,
la jeune Grecque qui m'accompagnait me
dit à mi-voix : « Regardez celui-là ; il
ne veut plus se retourner. *Il voit autre
chose.* »

Notre petit soldat aussi paraît voir
« autre chose ». L'aumônier lui a donné

les suprêmes bénédictions. Le mystérieux rivage se rapproche de minute en minute Dans la grande salle claire où va pénétrer la terrible visiteuse s'est fait soudain un silence profond, recueilli, impressionnant. Vraiment, il doit faire bon mourir ainsi au milieu des camarades, soutenu jusqu'au bout par une Fille de la Charité. Les ailes de la blanche cornette frissonnent au-dessus du jeune visage agonisant. La voix déjà surnaturelle de la Sœur sera la dernière voix de ce monde qu'entendra le soldat Mèchin. Elle dit et redit lentement les suprêmes invocations : « Mon Dieu, recevez-moi dans votre Paradis. » — « Mon Jésus, miséricorde. » — « Sainte Mère de Dieu, priez pour nous à l'heure de la mort. » C'est fini..., le dernier souffle très doucement s'exhale. Le regard du petit soldat est fixé pour jamais sur la

grande lumière de Dieu. Sœur Gabrielle
abaisse doucement les paupières et pose
le crucifix sur le cœur de l'enfant. Tout
est si calme, si évangélique, que les
parents eux-mêmes n'osent pas pleurer.
Ah ! comme il disait vrai, l'aumônier qui
écrivait du front : « Les soldats français
meurent sans peine et comme des anges. »

Quand les parents ont été emmenés
provisoirement, sœur Gabrielle remet
avec piété le drap sur le visage cadavé-
rique et me dit : « Voici le moment du
repas des blessés. Si vous voulez, nous
allons les servir, et ensuite nous enseveli-
rons le corps de ce pauvre petit. » Je la
regarde avec admiration : elle est très
pâle, ses yeux sont pleins de larmes qui
ne coulent pas. Elle s'occupe des régimes
de chacun avec sa lucidité ordinaire. Sont
elles assez rompues à tout, définitivement

établies au-dessus des faiblesses les mieux justifiées !

LES OBSÈQUES

Ce matin a lieu l'enterrement du soldat Mèchin. Le modeste cortège s'est réuni dans la cour du dépositoire, une cour solitaire et plantée de pins sombres, qui ne manque pas de poésie, malgré son nom tragique. Le corps reposait dans la blanche chapelle abritée sous les arbres. Au moment de la levée du cercueil, un commandement a retenti au dehors : « Présentez armes ! » La dépouille a passé au milieu des camarades qui, l'arme au bras, la saluent avant de l'escorter jusqu'au cimetière, le fusil abaissé en signe de deuil. Les mots « Honneur et Patrie »

se lisent en lettres blanches sur le drap
noir où l'on jette nos trois couleurs.
« C'est un soldat, c'est un soldat »... à
mesure que passe le cortège, il se grossit
d'inconnus qui suivent en pleurant. Un
soldat! cela touche à tout le monde.
Chacun se demande · « Où est le mien
maintenant? » Car notre armée, cette
armée sereine et magnifique, n'est faite
que des plus intimes bonheurs, des plus
profondes tendresses de ceux qui restent.
Mais ces retours sur soi-même, contrai-
rement à ce qui se passe d'ordinaire, ne
font qu'aviver la compassion envers les
pauvres parents d'aujourd'hui. Ils se sont
pris le bras à la mode de chez eux. La
mère a recouvert de crêpe sa coiffe
blanche. Autour d'eux on s'est écarté res-
pectueusement, et ils se détachent bien en
vue, courbés par l'âge et la douleur,

lamentables, appuyés l'un sur l'autre, suivant ainsi le corps de leur enfant, ce corps si jeune qui s'en va à sa dernière demeure, entouré de militaires et fleuri de drapeaux. A cause du père Mèchin, on a convoqué les vétérans de 70, et leur doyen fait un discours simple et ardent, sur la tombe de l'enfant « que les camarades vengeront ». Un ruban tricolore est attaché à la croix de bois qui marque la tombe fraîche. D'autres rubans tout pareils sont noués aux croix voisines.

A la sortie du cimetière, les parents sont emmenés par des inconnus qui veulent leur épargner les tristesses de l'hôtel en de telles circonstances : « Acceptez, acceptez... Nos enfants sont là-bas; nous devinons ce que cela doit être. » La douleur du père Mèchin est momentanément

adoucie par tant d'honneurs et de sympathie. Il pleure, mais il raconte sa campagne à ses nouveaux amis, tandis que la
mère suit machinalement, sans rien voir,
sans rien comprendre. La tête baissée,
elle ne parle qu'à son enfant, dans un
douloureux soliloque. Je l'entends murmurer : « Mon cher petit bien-aimé, je ne
te laisserai pas loin de nous. Dès après la
guerre, je viendrai te chercher. Je garderai ton argent pour te faire faire un joli
petit tombeau, et quand j'en aurai le
temps, je viendrai te trouver. Je serai
avec toi toujours, toujours... »

Elle s'éloigne, et je songe à tant de
mères qui, dans les villes et les villages de
France, souffrent chaque jour de semblables martyres. Mais les tombes de nos
jeunes soldats sont des sépulcres pleins
de vie · la France en sortira plus forte,

plus grande, fécondée par tant de sang et par tant de larmes.

UNE RÉFLEXION JUSTE

Lorsque, par hasard, le service de la salle laisse quelques instants de loisir, on fait naturellement un peu de conversation avec les blessés. M. de Mun puisait là un réconfort « qu'il ne trouvait nulle part ailleurs », écrivait-il. Quelle école, en effet! Les simples récits tout imprégnés d'héroïsme et de douleur se succèdent de lit en lit avec une monotonie admirable dont la France peut se glorifier.

Un de nos plus jeunes blessés me parle de l'attitude des Allemands sous le feu : « Ils marchent bien sous la mitraille, c'est certain, m'explique ce vétéran de vingt ans, qui aura coupé un bras à la France. Ils savent, d'ailleurs, que s'ils reculaient ils seraient fusillés plus sûrement qu'en avançant. Mais dans les engagements isolés, dans les corps-à-corps, dans les surprises où ils ne sont pas sous la domination de leurs chefs, ils se rendent immédiatement. » Et d'un ton de dédain intraduisible, il conclut : « Voyez-vous, ce n'est pas comme chez nous : ce sont des gens qui ne savent pas se faire tuer pour rien. »

SIMPLE RÉCIT

Je transcrirai ici tel que je l'ai entendu, sans risquer de le déformer par des réflexions personnelles, l'admirable récit du **petit Turco** aux jambes brisées que j'interrogeais sur son aventure.

« A la guerre, il ßt naturellement se dire qu'il n'est p toujours possible d'avoir à manger; s je crois bien que nous avons souff largement notre compte, sous ce ra ort-là. Le plus dur, ç'a été dans l'Argo e, une fois. Depuis trois jours et dem ious n'avions rien touché; on commen t vraiment à se sentir *disparaître* Mo lieutenant — un qu'on aime et qui ait marcher, vous savez, — nous a ssemblés, et a demandé · « Qui a core des vivres de « réserve? » Person ie répondait, parce qu'il faut bien avou ue, quand on les a, on aime autant **les** rder. Enfin, je me suis décidé; j'ai di « J'ai une boîte de « singe, mon **lieuten**at, la voilà. » Trois autres, après moi, o donné leurs boîtes. « J'en ai une aussi, dit le lieutenant, je « vous la donne, av ce pain que j'avais

ans, qui aura sacrifié un bras à la France.
Ils savent, d'ailleurs, que s'ils reculaient
ils seraient fusillés plus sûrement qu'en
avançant. Mais dans les engagements
isolés, dans les corps-à-corps, dans les
surprises où ils ne sont pas sous la domination de leurs chefs, ils se rendent immédiatement. » Et d'un ton de dédain intraduisible, il conclut : « Voyez-vous, ce n'est
pas comme chez nous : ce sont des gens
qui ne savent pas se faire tuer pour rien. »

SIMPLE RÉCIT

Je transcrirai ici, tel que je l'ai entendu
sans risquer de le déformer par des réflexions personnelles, l'admirable récit du
petit Turco aux jambes brisées que j'interrogeais sur son aventure.

« A la guerre, il faut naturellement se
dire qu'il n'est pas toujours possible
d'avoir à manger; mais je crois bien que
nous avons souffert largement notre
compte, sous ce rapport-là. Le plus dur,
ç'a été dans l'Argonne, une fois. Depuis
trois jours et demi nous n'avions rien
touché; on commençait vraiment à se sentir *disparaître*. Mon lieutenant — un
qu'on aime et qui sait marcher, vous
savez, — nous a rassemblés, et a demandé · « Qui a encore des vivres de
« réserve? » Personne ne répondait, parce
qu'il faut bien avouer que, quand on les a,
on aime autant les garder. Enfin, je me
suis décidé; j'ai dit : « J'ai une boîte de
« singe, mon lieutenant, la voilà. » Trois
autres, après moi, ont donné leurs boîtes.
« J'en ai une aussi, a dit le lieutenant, je
« vous la donne, avec ce pain que j'avais

« gardé. Vous êtes vingt; vous allez par-
« tager chaque boîte en quatre et vous
« mangerez ça, avec un petit morceau de
« pain chacun. Ce n'est pas beaucoup;
« mais ça vous soutiendra toujours un
« peu. » Pendant qu'on obéissait et
qu'on faisait le partage, le lieutenant
est allé s'asseoir à l'écart. Il a même
mis la tête dans ses mains, et j'ai compris que c'était pour ne pas nous voir
manger. Il était pâle, pâle. J'ai été devant
lui et je me suis mis au port d'armes. « Eh
« bien, qu'est-ce que tu veux encore? » il
m'a dit avec impatience : « Excusez, mon
« lieutenant, mais vous avez mal fait le
« compte; nous ne sommes pas vingt. —
« Comment, vous n'êtes pas vingt? —
« Non, mon lieutenant, nous sommes
« vingt et un, et je ne toucherai pas à
« cette portion, si vous n'en prenez pas la

« moitié. » Les officiers sont sensibles, quelquefois, c'est extraordinaire! J'ai vu de grosses larmes sur la figure de mon lieutenant, et il ne voulait pas accepter! Ça, par exemple, c'était un peu fort. Mais quand il a compris qu'il me rendait furieux et que, vraiment, comme je le lui disais (car je suis têtu), je ne mangerais pas, il a changé d'avis, brusquement, et m'a dit : « Assieds-toi là, merci. Nous mangerons « ensemble. » Pensez si j'étais fier d'être à la gamelle avec mon lieutenant! »

CAMARADES

Je m'arrête devant le n° 67, un vigoureux colonial qui a pris part à une charge héroïque. Ayant reçu quatre balles aux jambes, il est demeuré sur le champ de bataille, où deux Prussiens sont venus le voler en lui disant avec cynisme : « Nous ne te tuerons pas, si tu nous laisses tout prendre sans crier. » — La bourse ou la vie — « voleurs de grands chemins », un titre de plus à donner à ceux qui s'appellent déjà : assassins de prêtres, de femmes d'enfants, incendiaires d'églises. Après le départ de ses lâches agresseurs, le soldat français s'est traîné sur les coudes jusqu'à une chaumière un peu isolée, où il a retrouvé cinq autres de ses camarades, encore plus grièvement blessés que lui. Ils ont vécu là, pendant quatre jours, perdant leur sang, tremblant de fièvre. Chaque soir, à la faveur de la nuit, le colonial sortait de la maison, en rampant. Il allait seconer les pommiers du jardin et rapportait aux autres les pommes qu'il avait réussi à faire tomber. On buvait l'eau de la pluie. Enfin, comme deux des blessés semblaient près d'expirer, le soldat dont je parle s'est dévoué pour aller chercher du secours : « J'ai dit aux autres : « Si « personne ne vient, les amis, vous saurez « que j'ai eu mon compte. » Je me suis glissé dans les bois. Je rencontrais des sentinelles prussiennes ; alors, je restais des heures complètement immobile, jusqu'à ce que la sentinelle soit endormie ou qu'elle s'éloigne un peu ; puis je reprenais mon chemin. J'ai dû faire au moins 6 kilomètres avant de retrouver un soldat français et que de fois j'ai cru ne plus pouvoir avancer ! Mes bras s'enfonçaient dans la boue, s'accrochaient aux buissons, je n'avais plus de forces pour les dégager. Ah ! ce n'est pas commode à manœuvrer comme des jambes ! Et puis il faut bien dire que, depuis quatre jours, je n'avais que des pommes vertes et de l'eau dans l'estomac. Enfin on a pu sauver les camarades, c'est l'essentiel. » — Il avait ri plusieurs fois avec insouciance, en me racontant sa tragique histoire ; mais son visage devenait sérieux et ému, dès qu'il nommait « les camarades ». C'est qu'il faut voir tout ce que ce mot représente pour eux !

— « Il faut bien dire qu'avec les camarades on était heureux partout », concluait le nº 10 en terminant le récit des dures privations qu'il avait endurées. Un autre, à qui je passais des fruits et qui allait en prendre avec joie, — car ils ne sont pas gâtés en fait de dessert, — s'arrêta sou- dain : « Il vaut mieux que vous fassiez d'abord le tour des camarades, madame. Il peut y en avoir de plus malades que moi, j'en prendrai s'il en reste. »

Un jeune soldat de vingt ans me ra-

conte, hélas! la retraite de D..... : « Nous
avons dû courir quatre jours et cinq nuits,
ne nous arrêtant que cinq minutes toutes
les deux heures. Les Allemands étaient si
près de nous que le sifflement des balles
nous empêchait d'entendre les commande-
ments, et nos officiers devaient parler par
gestes. J'étais en aussi bonne posture que
possible, car je cours bien. Tout à coup
mon voisin a été blessé au pied. Il est
tombé en criant : « A l'aide! » Naturellement je ne pouvais pas le laisser prendre
par les Boches. A deux, nous l'avons saisi
sous les épaules et traîné avec nous. Mais,
à partir de ce moment, il nous a été beaucoup plus difficile d'avancer, et vraiment
pour que nous en soyons sortis, il faut
qu'il y ait eu une protection. » Une protection..., l'ombre victorieuse de la sainte
guerrière n'escorte-t-elle pas invisiblement

nos armées? « L'épée au poing, l'éclair aux yeux, la France au cœur », toujours comme autrefois...

Il ne faut pas chercher à féliciter nos soldats de leur dévouement aux « copains ». Il est tout naturel de s'entr'aider, n'est-ce pas? sous le feu des Allemands, comme au village, — mieux, bien mieux qu'au village, — car sous le feu des Allemands, l'égoïsme journalier, les absorbantes préoccupations d'intérêt disparaissent. Il ne reste plus que le noble caractère français, celui qui sait porter jusqu'aux risques suprêmes la camaraderie un peu vulgaire d'autrefois, devenue ici sainte et héroïque.

J'en ai trouvé peut-être l'expression la plus élevée, en même temps que la plus profondément humaine, dans cet autre récit du même soldat :

« Un jour, les Boches étaient en fuite;

nous les poursuivions à la baïonnette dans
les bois. J'en visais un particulièrement. Il
était gros et lourd et s'empêtrait partout,
tandis que moi je sautais facilement au-
dessus des obstacles (voyez-vous cette
image des deux races ?). Je l'ai atteint
enfin et, d'un seul élan, je lui ai enfoncé
ma baïonnette dans le dos, le transperçant
de part en part. Ah! j'étais ému; c'était
le premier — et même le premier homme,
je vous prie de croire! — que je tuais de
ma main. J'en cherchais un second, quand
j'ai entendu bouger dans un fourré. Je me
suis élancé, baïonnette en avant; mais une
voix mourante, lamentable, a crié vers
moi : « Camarade, camarade français. »
Nous savons bien que souvent, chez eux,
ce mot est une ruse; mais que voulez-vous?
quand ils nous appellent ainsi « cama-
« rades », c'est impossible, nous ne pou

vons pas nous décider à les tuer. Pour
cette fois, j'ai bien fait; c'était vraiment
un mourant, un agonisant même, je crois
bien. Il me tendait ses mains, déjà froides.
Je les ai serrées, en lui disant aussi : « Ca-
« marade. » Puis j'ai appelé un fourrier
pour lui donner à boire. Moi, j'aimais
mieux aller de l'avant; la France d'abord,
n'est-ce pas? »

Ce qui vous remue le plus profondément
en écoutant de tels récits, ce qui vous met
de force des larmes dans les yeux, c'est
l'émouvante inconscience de ces enfants si
éloignés de songer à la guerre il y a trois
mois et qui parlent aujourd'hui tout naturellement un langage d'épopée. La France
sera toujours la terre des miracles.

UN FIANCÉ A L'HOPITAL

Je sais maintenant d'où provient l'expression de joie intime, le reflet d'inté rieure lumière qui illuminent le visage du n° 17, même au milieu de cruelles douleurs. Je ne devrais peut-être pas le dire, car c'est un doux secret, dont j'ai reçu la confidence : le n° 17 est fiancé. Oh! cette Marie, rustique habitante de nos montagnes, comme elle est aimée! Je crois que peu de femmes auront reçu autant de lettres touchantes, imprégnées d'une tendresse plus délicate, plus profonde. Ces lettres sont la grande occupation de Pierre. Profitant de la franchise de poste, il en écrit deux par jour. Il faut bien se rattra-

per, n'est-ce pas? On a su se priver même
du souvenir — trop attendrissant — de
Marie, pendant la dure campagne, alors
que ce fiancé au cœur plein d'amour était
devenu par devoir un terrible guerrier,
semeur de mort. Mais à présent, sur le lit
d'hôpital, où il n'y a plus rien à faire qu'à
souffrir, qu'elle revienne, la chère pensée,
chargée de douceur et de promesses,
qu'elle revienne! On est tout à elle! Certes,
il lui appartient véritablement. Pour lui
l'ombre de Marie est toujours là; elle em-
bellit les moindres scènes, les heures les
plus grises de cette vie d'hôpital. Il
m'avoue — à voix basse, comme chaque
fois qu'il parle d'elle, — qu'il ne s'ennuie
jamais : « Même quand je n'écris pas, *j'y*
pense. » Car il ne peut s'en distraire une
seule minute; d'une manière ou d'une
autre, il faut qu'il s'occupe d'elle. Vrai

ment un sentiment rare fleurit dans ce
cœur honnête et simple qui s'est donné
si profondément. Beaucoup de grandes
dames envieraient peut-être Marie... Et
Marie, plus tard, si elle sait comprendre,
remerciera la terrible guerre qui l'a tant
fait pleurer. Elle n'épousera plus un simple
paysan, mais un héros, un de ceux qui y
étaient, donc « Français de premier choix »,
suivant la belle expression de M. Barrès.
Malgré l'obscurité dans laquelle rentrera la
vie de ce jeune homme, il restera toujours
vrai que ses actes, à un moment donné,
auraient inspiré Virgile ou Homère. Dans
tous les rangs de la société, les tristes
fiancées d'aujourd'hui seront bien fières
au jour du retour. J'en connais qui mettent
une vaillante coquetterie à l'être déjà,
quoique vivant encore l'heure incertaine
et menaçante du péril. Il est émouvant de

voir la jeunesse de France, à l'âge où le
bonheur semble un droit, se hausser sans
peine jusqu'à de telles hauteurs de sacrifice. Mais, patience! On sera payé en
bonheur. La revanche s'étendra jusque
dans l'intime des cœurs. Séparés par le
danger de mort, on aura tressailli les uns
pour les autres de sentiments nouveaux
que l'on n'oubliera plus. Les affections,
trempées dans ce bain fortifiant d'héroïsme
et de renoncement, reviendront enrichies
de dévouement et de tendresses plus profondes. Le n° 17 le sent, quand il écrit à
sa chère Marie : « Vois-tu, Marie, je t'aimais beaucoup; mais je crois que, sans la
guerre, je n'aurais peut-être pas su t'aimer
comme je t'aime à présent. » Jamais d'expression douteuse, d'allusion grossière
dans ces lettres écrites par un soldat, fils
de cultivateur. Chacune reproduit les

mêmes expressions de tendresse, un peu naïves, qu'il répète sans les varier jamais. Il est vrai qu'en cette matière la monotonie est une qualité. On devine le plaisir extrême éprouvé par Pierre à écrire souvent le nom de la jeune fille :

« Ma chère bien-aimée, hier j'ai reçu ta lettre avec un grand plaisir. Je croyais que tu m'avais oublié. Et puis, je me suis dit · ou elle est malade, ou elle a trop à faire avec les blessés. Chère Marie, tu me dis que tu voudrais être auprès de moi pour me soigner. Oh! que je serais content si tu pouvais venir, si je te voyais là près de mon lit, comme la Sœur. Et nous parlerions du temps passé (il a vingt-trois ans; elle en a vingt et un; il est vrai qu'ils sont fiancés depuis cinq ans).

« Merci de la photographie; ta sœur représente très bien à côté de son promis;

on dirait de ces images qu'on voit dans les petits illustrés. Tu m'excuseras, je te prie, si mes lettres sont mal faites; dans le lit, tu sais, ça ne va pas trop. Toi, oui, tu écris bien! C'est un plaisir de lire tes lettres. Pour le cache-nez, fais à ton idée; ce qui te plaira me plaira toujours à moi.

— Marie, il me tarde de recevoir encore de tes nouvelles. Il me semble que je lis déjà ta lettre; fais-la très longue; que je mette deux heures pour la lire. Et ce *morceau* de rose de chez nous que tu m'as envoyé, Marie!

« Ma chère bien-aimée, je voudrais t'écrire de longues lettres intéressantes, comme sont les tiennes; mais je ne vois rien de mon lit. Mon pied continue à être en bonne santé, toujours de mieux en mieux. Aujourd'hui un mois que je suis couché. Tu penses si j'ai souffert; mais ce

n'est rien, puisque je marcherai et que je
ne serai pas obligé de te dire : « Marie, je
« suis infirme ; je ne gagnerai pas la vie
« d'une femme ; nous ne pouvons plus
« nous marier. » Oh ! s'il avait fallu te
parler ainsi…, pense un peu, Marie ! Je
t'assure que je n'avais jamais pleuré là-bas,
mais que j'ai pleuré plus d'une fois dans
mon lit, en y songeant. Pourtant, je te
l'aurais dit, car je n'aurais pas voulu que
tu vives dans la misère à cause de moi.

« Quand j'ai reçu ta lettre, hier, à
quatre heures, la sœur Gabrielle était près
de mon lit. Alors, je la lui ai montrée et
elle m'a dit : « Vous pouvez être content ;
« elle vous en écrit long ! » Je lui ai ré-
pondu : « Elle m'écrit toujours comme ça. »
Elle m'a dit de te donner le bonjour de sa
part, et de te dire que tu sois bien sage.
Tu m'écris que tu es guérie ; je pense que

c'est bien vrai? Prends garde maintenant, il fait froid. Surtout, je t'en prie, ne sois pas malade. Tu me demandes combien nous sommes dans ma salle? Soixante-douze, et le plus vieux a vingt-neuf ans.

« Ne te tourmente pas ; je me guéris et dans peu de temps nous serons ensemble. Quel bonheur, ce jour-là, Marie! Je ne puis y croire. La nuit, quand je ne dors pas, je me répète tout bas : « Je la verrai « bientôt. Je la verrai bientôt », et, quel-quefois, je suis ennuyé de voir arriver le jour, parce que je suis moins tranquille pour penser. Quand nous serons tous les deux, je te dirai ce que j'ai souffert, et tu me diras que c'est impossible. Pourtant, c'est vrai ; mais il vaut mieux ne pas en parler encore. Tu me demandes si je t'avais oubliée, tu sais bien que non, seulement il fallait faire son devoir. Quand même je voudrais t'oublier, Marie, mon cœur ne le pourrait pas, parce que je t'aime.

« Tu me dis que ça te fait plaisir de m'écrire de longues lettres, pour me contenter ; et moi je suis si heureux quand je les lis ! Je vois que tu as toujours des choses à me dire ; ça me montre que *tu penses avec moi,* et je puis dire aussi que je pense toujours avec toi. Tu me dis que tu m'as rêvé. Moi, il y a au moins cinq nuits que je te rêve, et je n'osais pas te l'écrire... Je vois que tu me le dis ; alors, moi aussi. Marie, tu sais ce que c'est qu'un rêve... Et veux-tu que je te l'avoue? Chaque jour je lis tes lettres deux ou trois fois ; comme ça je les sais presque par cœur pour la nuit où nous n'avons pas assez de lumière pour pouvoir lire. A bientôt le bonheur de nous revoir, chère bien-aimée. Encore **une** fois, je t'aime, Marie. »

CE QU'ON VOIT A LA GARE

La gare de X... a été, depuis la mobilisation, le théâtre de dévouements fort mé-
ritoires et tout spéciaux : là on a veillé
jour et nuit, pour attendre les trains de
soldats à ravitailler; là on a reçu à chaque
instant, par téléphone ou télégraphe, des
ordres brefs, tels que ceux-ci : du café
pour cinq cents soldats dans deux heures·
soixante dîners pour ce soir ; pansements
à refaire dans un train sanitaire, etc., etc.
C'était une femme du monde, improvisée
à la fois cuisinière et infirmière, qui exé-
cutait ces consignes rudes et variées, sans
jamais compter avec la fatigue. Son dévouement trouvait le moyen de faire face

aux travaux les plus divers que lui offraient les hasards de la gare et, en véritable général français, elle faisait habilement manœuvrer le personnel zélé qui s'était mis sous ses ordres. Que de faits curieux se sont passés autour d'elle! Que de personnages intéressants ont défilé dans la petite pièce — infirmerie et cuisine à la fois — devenue son domaine! On m'a présenté là un beau dragon qui faisait au front son troisième voyage. A chacun de ses retours, il se hâtait, à peine guéri, de faire agir toutes les protections possibles pour repartir au plus tôt. Il en était à sa dix-septième cicatrice. Quand il énonça ce chiffre, quelqu'un s'écria : « Mais ce n'est plus un homme, c'est une écumoire! » Il rit avec les autres, de son clair rire français : « Tout de même! me faire ainsi trouer la peau, pour m'entendre traiter d'écumoire. »

Une des heures les plus intéressantes de la gare a été celle où s'est produit le fait suivant · un train sanitaire de blessés arrive sans être attendu. Ce sont de grands malades, deux cents couchés. Ils ont besoin d'être ravitaillés. A la station précédente, on leur a donné du fromage et du pain. Quelle nourriture pour des gens qui ont la fièvre, qui sont sur le point d'être opérés! Mais on n'avait pas autre chose, et il faut s'incliner devant la bonne volonté. On doit user de diplomatie pour leur enlever ces provisions, dangereuses dans leur état. Ils protestent; c'est trop naturel, ils n'ont rien pris depuis plusieurs heures. Ils demandent du lait; on leur en promet... fort imprudemment. Le poste de la gare, qui connaît des jours de véritable détresse, ne possède justement qu'une cruche de lait. Une seule cruche pour cinq cents ma

lades, et le train repartira dans une demi-
heure ! On n'a pas le temps matériel d'aller
en ville. Que faire ? On se rassemble, on
discute. Or, en face du convoi de blessés,
se trouve garé un train de bestiaux qui
partira tout à l'heure dans la direction
opposée. Il y a là un wagon de vaches,
dont les bonnes têtes, toujours aussi paci-
fiques en ces temps guerriers, s'efforcent
maladroitement de s'insinuer à travers les
claire-voies sans jamais réussir. Leur brave
homme de bouvier, habitant de nos hautes
montagnes, en blouse bleue, un grand
bâton à la main, s'approche et salue gau-
chement : « Elles sont françaises, vous
savez, dit-il en désignant ses bêtes, et
elles donneraient bien volontiers leur lait
pour les blessés. »

On lui répond par des acclamations.
Tout le monde se met à traire, et le spec-

tacle de ces laitiers et laitières improvisés,
qui faisait sourire nos chers blessés, ne
manquait pas de pittoresque. Plus de cinquante cruches de lait bourru ont été dis-
tribuées ainsi. Voilà ce qu'on peut appeler
un ravitaillement providentiel.

UNE PREMIÈRE COMMUNION DE 1914

On a soigné dans la salle de sœur Gabrielle une sorte d'apache de quarante ans,
un combattant au passé fort louche, qui
souffrait d'une horrible blessure au bras
droit. Après l'opération grave qu'il dut
subir, nous fûmes témoins à son réveil
d'une véritable crise de folie, due à un état
habituel d'alcoolisme. Il voulait, à tout
prix, étrangler un malheureux interne qui
ne se serait peut-être pas tiré d'affaire

sans un mauvais coup, si la Sœur ne s'était
jetée devant lui en temps opportun.
J'avoue que cet homme à demi nu, le
corps tatoué de portraits de femmes,
bavant, criant et agitant même avec me-
naces son bras ensanglanté, offrait un
spectacle impressionnant et répugnant :
« Toi, ma Sœur, je ne te veux pas de mal,
hurlait-il dans son langage révolutionnaire·
tu es une bienfaitrice de l'humanité. Mais
ne pas pouvoir étrangler cet homme, moi
qui ai fait le coup de poignard à tous les
carrefours de Paris, qui ai tué des agents
de ma main, etc., etc. » Et la Sœur répondait avec une inaltérable douceur : « Vous
avez très mal au bras, mon pauvre petit.
Il faut vous coucher, vous calmer. Je vais
vous donner une potion et je resterai ensuite auprès de vous. Allons, soyez sage. »
L'apache, ainsi désigné même par ses

camarades, continua dans la suite à se
montrer un terrible malade. Il ne remer-
ciait jamais des soins qu'on lui donnait, il
ne manquait pas de ricaner quand on faisait la prière et nous appelait quelquefois
près de son lit, nous dérangeant d'une
occupation pressée, uniquement pour
nous dire : « Vous savez, je ne crois pas
en votre bon Dieu. » Ordre était donné
par sœur Gabrielle de ne rien lui répondre
et de se montrer scrupuleusement atten
tionnées envers lui comme envers les autres
blessés.

Or notre apache, devenu peu à peu
silencieux et poli, a demandé un jour en
pleurant si on n'aurait pas la bonté de lui
donner un catéchisme et de l'instruire de
la religion catholique qu'il avait toujours
attaquée sans la connaître. Dimanche der
nier, il a fait sa première communion avec

une ferveur touchante. Voilà les cérémo-
nies religieuses du temps de la guerre.

LES CAUSERIES D'AUJOURD'HUI

Plus de visites inutiles, plus de temps
gaspillé en France, maintenant. Quand on
enlève une heure à ses occupations pour
aller voir des amis, c'est que la gloire
vient de les toucher de quelque manière
— douleur ou joie. Les femmes frappées
par les deuils les plus cruels, — épouses
dont les foyers et les cœurs sont à jamais
brisés; mères qui ont senti couler leur
propre sang des veines de leur enfant et
quelque chose de leur vie s'éteindre dans
le dernier souffle des vies si chères, —
celles-là mêmes ne se reconnaissent pas le
droit de demeurer longtemps inactives.

Elles cachent leurs larmes sous le crêpe et se remettent à agir pour les camarades de ceux qui ne reviendront jamais. La pensée les suit dans leur tâche glorieuse. Tout nous vient du front désormais : tristesse, bonheur, espoir, courage, et tout y va de nos tendresses, de nos compassions, de nos travaux. Les âmes sont tendues vers ces frontières mouvantes qui ne sont plus faites seulement de terre française, mais de vivants Français, et qui avancent, avancent toujours. On ne parle plus que de ces grandes choses. Je suis allée voir, l'autre semaine, dans une clinique militaire, un jeune officier revenu du front pour la seconde fois, et atteint d'une blessure « neuve », comme ils disent, et même d'une autre « ancienne », malgré laquelle il avait voulu repartir trop tôt. Ils étaient là quelques-uns qui s'étaient réunis et qui causaient. Autrefois, mon arrivée les aurait interrompus, mais, à présent, elles sont bien loin, les conversations de fumoir les douteuses préoccupations... Hommes jeunes et vieux, femmes et enfants, nous pouvons lire librement les pensées de France dans les yeux les uns des autres. Ah! chère nation, toujours faite pour les aventures inouïes, dans le domaine moral comme dans celui de la gloire, France miraculeuse de 1914 qui écoute souriante, malgré le sang et les larmes, battre en un seul rythme les cœurs réunis de tous ses enfants! On éprouve, à certains moments, comme un afflux de bonheur qu'il faut dire, de la posséder pour patrie. Français, Français, on ne se rassasie plus de ce mot aujourd'hui. C'est bien l'avis de nos jeunes officiers à l'enthousiasme silencieux. Ils d' « Elle », toujours, quand je

suis entrée. L'un d'eux lisait, dans son
carnet de guerre, un très intéressant récit
de la bataille de la Marne, dont j'ai entendu
le passage suivant : « Quand le général
M... prit le commandement de ses troupes,
il se rendit compte bien vite que le moral
des hommes avait été fortement atteint
par les mouvements de retraite successifs.
Le jour où il ordonna l'offensive qu'il fallait reprendre à tout prix, les soldats ter-
rés dans leur tranchée, sans refuser absolument d'obéir, ne se décidaient pas à
bouger, et murmuraient, la voix mau-
vaise : « Ça siffle, mon général, ça siffle
trop. » Alors, le général M... chercha un
moyen, non pas de les terroriser à la manière allemande, mais de rallumer, dans
l'intime de leur être, l'insouciante bravoure française. Voici ce qu'il a trouvé :
il est monté seul, sur le bord de la tran-

chée au fond de laquelle étaient couchés ses soldats. Il est resté là debout dix minutes. Véritablement, il était enveloppé d'un ouragan de balles et de mitraille. Dieu a permis qu'il redescendît sain et sauf et il a dit simplement : « Ça siffle, mes enfants, mais, vous voyez bien, ça ne touche pas, c'est inoffensif. » Depuis, des ordres ont été donnés à nos chefs pour ne pas s'exposer de la sorte ; leurs vies nous sont trop précieuses. Mais cet acte de sublime folie française a tellement électrisé les hommes de ce régiment qu'ils en sont devenus invincibles.

L'autre jour, dans un salon admirablement français, une personne, qui connaissait le héros lui-même, a rappelé le testament d'une ligne, trouvé par un malheureux père, M. I..., sur le corps de son fils : « Si nous sommes victorieux, je supplie mes parents de ne pas porter mon deuil. »

Jusqu'à quel magnifique oubli de tout ce qui n'est pas « Elle » ils savent parvenir! Vraiment, vraiment, ils l'aiment comme on ne sait aimer qu'à vingt ans, — sans rien réserver, — de toute leur jeunesse [1]

COMPLIMENT ET CHANSON DE SOLDAT

Je me suis trouvée dans un établissement militaire de convalescence à l'heure où la Préfète est venue visiter les blessés. Après la distribution habituelle de cigarettes, un soldat, le bras en écharpe, s'est levé et, à l'émotion générale, a récité le compliment suivant : « Madame, au nom de mes camarades, veuillez me permettre

de vous remercier de votre aimable visite
et des gâteries dont vous nous comblez.
Ici nous sommes entourés de soins si
dévoués que nos blessures se cicatrisent
comme par enchantement. Veuillez transmettre à M. le Préfet l'expression de nos
sentiments patriotiques, lui exprimer notre
fierté d'avoir été appelés à l'honneur de
répandre notre sang pour la France et
notre ardent désir de retourner bientôt
prendre notre place au combat, parmi
nos frères, pour chasser à jamais du sol
de la patrie ces maudits Teutons sangui-
naires et dévastateurs. »

Voilà nos soldats : dès qu'ils se trouvent
en face de quelqu'un qui leur représente
un peu l'autorité de France, ils éprouvent
le besoin de redire, comme s'ils parlaient
à leur patrie elle-même, leur ardent désir
de victoire *à tout prix*, et de renouveler

l'offrande de leurs vies. Il fallait voir les expressions des visages, pendant que parlait le plus lettré de la bande, et les larmes d'énergique résolution qui brillaient dans les yeux.

Un instant plus tard, en regardant le bon poêle qui chauffait la pièce et autour duquel ils vivent là de douces heures de repos bien méritées, quelqu'un a demandé étourdiment : « Ici, au moins, vous ne pensez plus aux tranchées, n'est-ce pas? » Une protestation indignée s'est élevée de tous côtés : « Ne plus penser aux tranchées. Mais c'est-à-dire qu'on ne pense qu'à ça! Pourrait-on oublier les camarades dont les pieds se gèlent pendant qu'on se chauffe? »

L'infirmière de la salle révèle que, parmi ses blessés, un petit chasseur possède une fort jolie voix et sait beaucoup

de chansons. Tout de suite, on lui en demande une. Cela le rend très malheureux :
il a bien osé chanter à la guerre, devant
les Boches; mais ici, vraiment, il a peur.
Une supplication a raison de sa résis-
tance · « Oh! chantez, je vous en prie.
C'est toujours si beau, maintenant, les
chansons de soldat. » Il chante, et sa jeune
voix mâle fait tressaillir nos cœurs d'une
émotion que ne leur donnera jamais le
chant profane de quelque grand artiste.
Car son chant, à lui, est sacré : songez
donc que nous sommes en 1914, qu'il est
chasseur français, qu'on entend au dehors
les gaies sonneries, dont les accents, peut-
être, en quelque point du front, ordon-
nent de se lever pour mourir; songez
qu'il a comme auditoire des femmes, dont
toutes les tendresses sont là-bas, trente
camarades blessés qui se préparent, comme

lui, à retourner au feu, et qu'il prononce les paroles suivantes ·

Francs chasseurs, hardis compagnons,
Voici venir le jour de gloire,
Entendez l'appel du clairon
Qui vous présage la victoire.
Volez, intrépides soldats,
La France est là qui vous regarde.
Quand viendra l'heure du combat,
Votre place est à l'avant-garde.

Refrain

En avant, braves bataillons,
Jaloux de notre indépendance.
Si l'ennemi vers nous s'avance,
Marchons, marchons, marchons!
Mort aux ennemis de la France!

Quand votre pied rapide et sûr
Rase le sol, franchit l'abîme,
On croit voir, à travers l'azur,
L'aigle voler de cime en cime.
Vous roulez en noirs tourbillons,
Et parfois, limiers invisibles,
Vous vous couchez dans les sillons,
Pour vous relever plus terribles.

Héros au courage inspiré,
Nos pères conquirent le monde
Et ce monde régénéré
En garde la trace féconde.
Nobles aïeux, reposez-vous,
Dormez sur vos couches austères,
La France peut compter sur nous,
Les fils seront dignes des pères.

Surprise un jour, frappée au cœur,
France, tu tombas expirante.
Le talon brutal du vainqueur
Meurtrit ta poitrine sanglante.
O France, relève le front
Et lave le sang de ta face.
Nos pas bientôt réveilleront
Les morts de Lorraine et d'Alsace.

TOUJOURS DES SOUFFRANCES

Il faut donc sans cesse revenir à parler souffrances. Quel amoncellement de douleurs, tragiquement variées, oppressent notre malheureuse patrie! Dans la salle de sœur Gabrielle sont entrés aujourd'hui, avec des visages radieux, un père et une mère venus du fond de la Corrèze, — plus de 400 kilomètres, — dans la certitude de retrouver chez nous leur fils unique dont ils étaient sans nouvelles depuis trois mois bientôt. Par un hasard cruel, les mêmes indications exactes de nom et de régiment s'appliquaient à un autre soldat, soigné ici en effet, et figuraient sur les listes publiées par l'hôpital Saint-Dominique. Les malheureux parents qui arrivaient, pleins de joie, se sont trouvés en face d'un visage inconnu. Autour du lit, ce groupe était navrant. Le petit soldat, cause involontaire d'une indicible déception, pleurait avec le père et la mère

JEUNES RECRUES ET TERRITORIAUX

Au début de la guerre, on ne voyait passer, comme défenseurs, et revenir, hélas! comme blessés, que les « petits jeunes » parmi nos soldats. Ah! les petits jeunes, comme ils sont sympathiques et entraînants, avec leur gaieté qui résiste à tout, leurs bravades, leur belle insouciance de la vie! A côté d'eux, maintenant, s'accomplit le sacrifice plus grave, plus conscient et plus douloureux des hommes mûrs, de ceux qui ont dû quitter une femme et des enfants, un foyer à soutenir. Ceux-là vivaient tranquilles, loin du mouvement de nos troupes; ils songeaient à la guerre moins que personne! et, vrai-

ment, il faut les admirer de s'être montrés
à la hauteur d'un pareil sacrifice. En plusieurs endroits du front, on a déclaré leur
devoir certains de nos succès. A l'hôpital,
je les ai vus souffrir, mourir, hélas! en
véritables héros français et j'ai perdu là
cette légère tendance à l'ironie que l'on
éprouvait trop facilement envers eux, au
début. Ces hommes accomplissent vraiment leur rude devoir dans les plus sacri-
fiantes et les plus humbles conditions qu'il
soit possible : en un jour, ils désorientent
leur existence, ils renoncent au petit bien
être laborieusement acquis; ils brisent
toutes leurs habitudes et, à un certain âge,
ce mot représente peut-être l'expression
la plus pénible du devoir. Ils marchent à
la mort, enfin, eux qui ont eu le temps
de se fixer, de s'enraciner dans la vie, et
ils se trouvent sous la dépendance des

plus jeunes, dominés par leur insouciant enthousiasme, par leurs forces physiques toutes neuves, par leur nouvelle expérience des choses de la guerre, puisqu'ils ont marché les premiers. Mais, d'ailleurs, tout s'arrange à merveille et rien n'est touchant comme la camaraderie solidement établie désormais entre les moustaches grises et les visages imberbes. Les jeunes soldats traitent leurs aînés en quelque sorte fraternellement, et, cependant, toujours avec une nuance de respect. Le tact est une qualité française et l'on sait bien tout ce que ces mots graves : marié, père de famille, représentent de responsabilités, de peines, de soucis, de larmes répandues au départ. Les braves territoriaux, en revanche, sont en admiration devant les besognes accomplies par leurs jeunes frères d'armes. L'autre jour, **un**

groupe de soldats grisonnants manœuvrait
avec une grande application sous les ordres
d'un petit caporal de vingt ans, qui avait
une figure de poupon blanche et rose, mais
qui avait aussi de glorieuses cicatrices. En
passant devant eux, une brave campa-
gnarde s'écria · « Tiens, un enfant de
troupe qu'on a envoyé *apprendre* là-bas
pour instruire les territoriaux. »

SOUS LE RÉGIME MARTIAL

Les déclarations de guerre ont parfois
des conséquences inattendues. Une pauvre
femme, très malheureuse en ménage, pleurait, hier, en répétant : « Si, au moins, les
soldats faisaient encore la police ! Ah ! si
les soldats faisaient la police ! » Comme on
lui demandait le motif de cette exclama-

tion, elle répondit : « Voilà, c'est que, pendant la mobilisation, un soir, mon mari me battait, dans la rue comme il le fait souvent, quand une patrouille de turcos passa par là : « Qu'est-ce que tu fais donc? » demandèrent-ils à mon mari. Il leur répondit : « Laissez-moi tranquille il s'agit de ma femme, ça ne vous regarde pas. — Ça nous regarde très bien, au contraire. Quand les soldats font la police, on ne bat plus sa femme, et la preuve, c'est que tu vas nous suivre au poste. » Et, en l'emmenant, ils m'ont dit : *Ça ne se fait jamais chez nous!*

Les turcos ont des affirmations un peu osées... Mais ils montrent si bien, en face de l'ennemi, comment ils savent défendre le bon droit, qu'il ne faut pas trop chercher s'ils l'appliquent toujours strictement dans leurs propres foyers.

NOS PRÊTRES

Ils sont partout, mais ils habitent surtout le front, et les opinions les plus diverses reconnaissent unanimement quels
soldats la patrie possède en eux. Étonnant
spectacle! Une volonté supérieure a victorieusement poursuivi ses desseins, rap-
prochant dans la plus intime et la plus
inattendue des fraternités le prêtre catholique et l'âme française à travers quel
chaos de tragiques événements! « Je te
punirai parce que tu as oublié mon nom »,
disait autrefois le Dieu vengeur à son
peuple privilégié. Hélas! chère France,
n'étais-tu pas sa fille aînée et n'avais-tu
pas oublié, renié son nom, ce nom terrible

et protecteur qui te revient aux lèvres si naturellement aujourd'hui?

Nous, femmes, ce n'est pas sur les champs de bataille que nous voyons agir nos prêtres, mais c'est à l'hôpital, aux chevets de ceux qui souffrent et meurent pour la France, c'est partout, quotidiennement. Ceux qui n'ont pu partir consacrent, sans plus rien en réserver, tout leur temps aux soldats, aux soldats blessés surtout. Les démarches personnelles auxquelles les administrations accablées de besogne ne peuvent suffire, ils s'en chargent; les lettres à écrire, les nouvelles douloureuses à apprendre leur sont confiées, que sais-je! et les confidences à recevoir, les encouragements à donner. L'importance de leur rôle touche au mystère même des âmes; nul n'a le droit de la mesurer. Mais qui sait tout ce qu'auront fait nos

prêtres pour maintenir dans les cœurs
militaires cette flamme d'enthousiasme et
de sacrifice qui doit, jusqu'au bout, continuer à brûler en France, dans la moindre
ambulance, et pour laquelle les souffrances
éprouvées loin du danger commun, loin
des chefs et de l'exaltation des combats
sont une épreuve pire que la vie rude des
camps. Le soldat sait bien deviner chez le
prêtre, en même temps qu'un secours
d'ordre humain, une puissance supérieure
qui vient à lui; aussi comme il l'aime,
comme il le désire, comme *il attend tout
de lui!* Je voyais ces jours derniers, à
l'hôpital, un nouvel infirmier se montrer
particulièrement doux et empressé envers
les malades. Un soldat s'est aperçu que
je suivais des yeux cet homme avec un peu
d'étonnement et m'a dit, en le désignant
du geste : « Mais, madame, c'est un

prêtre! » Son accent était intraduisible.
Vraiment aucune volonté terrestre ne par-
viendra jamais à leur dérober cette mystérieuse influence, ce « feu du ciel » qu'ils
tiennent de Dieu même. De leur chef jusqu'au plus humble d'entre eux, ils sont
bien les successeurs de ceux à qui « toute
puissance » a été donnée « dans le ciel et
sur la terre »

LES PETITS FRANÇAIS

Un combattant qui « en revient » me
raconte que, parmi les familles émigrantes
des infortunées régions dévastées, il arrive
souvent que les garçons de douze à quinze
ans refusent de suivre leurs parents dans
la fuite et se jugent de taille à prendre rang
au milieu de nos soldats. Les troupes font

bon accueil à ces petits Français-là. On les présente au capitaine, et, une fois leur identité établie, ils ont droit de cité au régiment, dont ils partagent la destinée. Ils mangent à la gamelle et ne sont tenus à rien, libres d'agir à leur fantaisie. Mais cette fantaisie ne varie pas, dit-on; dans les épaves du champ de bataille, ils ont vite fait de se procurer des armes, et ils font sans cesse le coup de feu avec une incroyable audace qui leur attire vite l'enthousiaste affection de leurs aînés. Ah! ces petits Français de 1914, il y aura de la poudre mêlée au sang de leurs veines. Quelle génération ils nous préparent!

CE QU'ON REÇOIT DU FRONT

Des plaintes sur le mauvais temps, sur le froid, sur la nourriture? Allons donc! Il ne faudrait pas connaître notre âme militaire pour supposer cela. On reçoit du front, ou des récits héroïques, ou des programmes de fêtes, tels que celui-ci ·

CONCERT DONNÉ LE 22 NOVEMBRE 1914

A L'ARRIÈRE DES TRANCHÉES, PENDANT LE REPOS DE TROIS JOURS QUE PREND NOTRE RÉGIMENT

*Avec le concours des soldats
dont les noms suivent :*

Tharaud, de l'Opéra-Comique; Kanony, théâtre de Nimes; Dupin, théâtre municipal de Nancy; Trantoul, Grand Théâtre de Lyon; Barthe, théâtre de Brest; Escudié, Palais de Cristal de Marseille; Josthan, du Kursaal de Reims; Gubrèt, lauréat du Conservatoire de Paris; Sizes, professeur de violoncelle de Limoges; sergent Dumail, chanteur de genre (amateur); sergent Moucdouès, théâtre Lafayette.

PROGRAMME

1º *Ce que disent les pierres* (Joubert); 2º *Le Rêve passe* (Krier); 3º *Carmen*, *Air de la fleur* (Bizet); *Le Bal masqué* (Verdi), etc., etc.

Cela continue ainsi en douze numéros et se termine par le *Chœur des soldats* de *Faust*.

CE QUE DEVIENT LA CORRESPONDANCE EN TEMPS DE GUERRE

Les causeries écrites, comme les causeries parlées, sont transformées. Ah! certes, on ne s'écrit plus de lettres banales, pour ne rien se dire. L'existence même de la nation, la vie des êtres les plus chers, les se-

erets héroïsmes dont ils étaient capables
et qu'ils dévoilent magnifiquement, face à
la mort, voilà les sujets sur lesquels on
échange ses espérances, ses fiévreuses in-
quiétudes, ses félicitations. L'énergie, la
patience, les sacrifices journaliers, les ré-
signations suprêmes à cause de la patrie,
voilà les sentiments dont on s'entretient,
auxquels on s'encourage. Merveilleuses
lettres du temps de la guerre! On peut ci-
ter au hasard ; elles rendent toutes le même
son, le pays n'a plus qu'une âme.

C'est une jeune veuve, Mme de V...,
dont le mari, officier de haute valeur,
promu aux distinctions les plus flatteuses, a
expiré à l'hôpital d'Épinal quelques heures
avant l'arrivée de sa femme. « Dans les
heures de détresse, ma pensée va souvent
vers vous, écrit-elle à une amie. Que vous
dire? Je suis fière, d'une fierté doulou-

reuse, mais anéantie devant les ruines de
mon bonheur, hier encore si complet. Il y
a des moments où je ne puis croire à la
chose affreuse qui me fait tant souffrir.
C'est bien vrai cependant, Dieu m'a repris,
après m'en avoir laissé jouir cinq ans,
cette riche intelligence et cette belle âme
dont j'étais si fière de recevoir les leçons.
Je me retrouve seule en face du vide. Priez
pour que j'aie la force de continuer la
tâche entreprise à deux et d'élever comme
l'aurait fait son père ce fils *que je voudrais
tant soldat.* »

C'est un petit chasseur d'Afrique, engagé volontaire, qui écrit à ses frères sous
les armes : « Vous vous battez, vous
donnez votre sang, et moi je suis là, à
faire l'exercice, sans rien craindre. Ah!
quelle jalousie j'éprouve. Heureusement,
on pousse notre instruction avec rapidité.

J'espère que nous partirons bientôt, puisqu'on choisit déjà parmi nous ceux qui deviendront éclaireurs. Pourvu que je sois désigné! J'ai été m'inscrire tout de suite. »

Ils étaient donc légion, sans qu'on le sache, les jeunes gens de France, qui rêvaient de donner leur vie pour leur pays! Dans de nombreuses lettres encore, j'en trouve des preuves. Mlle de la F..., vraie Française de France, raconte ainsi la mort de son frère : « Merci de vos pages compatissantes. C'est un adoucissement, dans notre grand chagrin, de le sentir unanimement partagé par la France entière, où chacun peut s'attendre, hélas! aux mêmes suprêmes douleurs. Notre Robert si aimé *a eu la mort glorieuse qu'il avait toujours rêvée*. Il conduisait, pour la troisième fois de la journée, ses braves chasseurs à une charge héroïque à la baïonnette, dans

une forêt des Vosges, quand il est tombé,
frappé de deux balles en plein front. Ses
hommes l'ont vu, étendu sur la mousse,
au pied d'un grand sapin. Ils voulaient
aller chercher son corps, mais une pous-
sée furieuse de l'ennemi les obligea à se
retirer. Sept officiers, camarades intimes
de Robert, sont tombés ce jour-là, avec le
chef du bataillon. Qu'auront fait les bar-
bares de sa chère dépouille? Retrouverons-
nous jamais sa tombe? Nos yeux, du moins,
le suivent dans le ciel où son âme, ardente
jusqu'à l'héroïsme, aura sans doute pris
place parmi les martyrs. Ma pauvre amie,
vous devinez combien nous souffrons, et,
cependant, nous sommes heureux et fiers
de l'avoir donné à la France. Il avait fait
campagne victorieusement au début; nous
recevions des lettres enthousiastes. Après,
il avait fallu reculer, reculer, et il est venu

mourir près de sa chère garnison de Saint-Dié, dans la forêt de Rambervillers, sans avoir vu le succès! Le 25 août, veille de sa mort, il nous écrivait une lettre pleine de courage quand même et de foi absolue dans la victoire. Notre dragon a pris part à la grande bataille de la Marne. Maintenant il se bat dans l'Aisne nuit et jour. Il a eu deux chevaux tués sous lui. Que Dieu nous le garde! Vives tendresses et confiance dans la victoire si chèrement achetée. »

La victoire, on s'en occupe toujours et avant tout : « J'espère, a le courage d'écrire une mère en deuil, j'espère que notre enfant bien-aimé, *qui avait souvent rêvé de mourir pour la France,* obtiendra de Dieu le triomphe final et protégera ceux qui luttent encore. Je vois dans les journaux le nom de vos cinq fils, tous blessés et même retournés au feu. Vous devez être fière et

je partage votre gloire et vos angoisses.
Que Dieu vous épargne la douleur dont je
souffre et vous garde ces braves enfants
qui seront si heureux de vous rapporter
leurs lauriers. »

Quand on commence à parler des mères,
les documents s'entassent, documents secrets, tout mouillés de larmes, qui paient
la gloire sans la rechercher. Ainsi que
l'écrivait à l'une d'elles, tout particulièrement et silencieusement héroïque, le capitaine de S... ·

Les mères, voyez-vous, n'ont pas de monument,
Et lorsque l'on devrait, selon toute justice,
Par le bronze et le marbre, honorer leur tourment
On passe..., sans les voir endurer le supplice...

Voici encore ce qu'écrit Mme de C...,
d'un coin de France fécond en héros : « Ma
douleur est indicible, mon fils bien-aimé
était ma fierté, ma plus belle part de

bonheur en ce monde. Dieu me l'a repris dans tout l'épanouissement de sa jeunesse, de sa carrière, de son âme de soldat, et le sacrifice est tellement au-dessus des forces maternelles que je ne puis l'accepter qu'au pied de la croix, en essayant d'imiter son courage. Nommé capitaine sur le champ de bataille pour faits d'armes et mission vaillamment accomplie, il n'a joui que peu de temps de cette récompense ; mais quelle gloire peut consoler une mère d'avoir perdu un tel fils? Il est tombé près de Nancy, où j'ai pu retrouver son corps. Pendant mon absence, mon plus jeune fils, Louis (dix-huit ans), qui s'était engagé dès le début de la guerre, a été appelé. Je ne l'ai plus retrouvé à mon retour et déjà il se bat. Mon amie, nos cœurs sont à la torture. Prions pour que nos souffrances achètent la victoire... »

Cette victoire tant désirée, peu de femmes auront donné, pour l'acquérir à la France, dix combattants, comme Mme de L...

« Mon J... vient de tomber pour son pays, écrivait-elle le mois dernier. J'offre à Dieu, pour la France aussi, mon immense douleur et toutes mes larmes. *Vous connaissiez mon fils, vous savez ce que je perds.* La seule pensée qui peut adoucir ce coup terrible, est de savoir que mon enfant a réalisé son rêve le plus cher : *il avait toujours ardemment souhaité cette mort héroïque.* Il m'écrivait le matin de la mobilisation : « Si ce n'était votre souvenir, « ce jour serait le plus beau de ma vie. » J'ai su qu'une demi-heure avant d'être atteint par l'éclat d'obus qui l'a frappé en pleine poitrine, il avait dit à un de ses camarades : « Je viens de faire mon acte

« de contrition, ma préparation à la mort
« comme chaque jour. Ici, on peut tou-
« jours penser qu'on touche à son dernier
« moment. » C'est le premier qui tombe
de mes dix fils. Combien la France m'en
demandera-t-elle encore? Je les lui ai
donnés de toute mon âme, quand ils sont
partis, mais mon cœur est déchiré... »

UN PETIT ÉMIGRÉ

En allant visiter l'un de nos malades
qu'on a dû transporter dans la salle des
blessés contagieux, j'ai aperçu, non sans
surprise, au milieu de la longue rangée
des lits blancs, une petite figure enfantine
qui formait un étrange contraste avec les
visages militaires. C'est un délicieux enfant
de sept ans, aux grands yeux pleins d'in-

telligence et de candeur, qui me décline lui-même ses noms et qualités — non sans une nuance de dédain pour ma province : « Je suis un émigré parisien, madame. Et vous, qui êtes-vous? » Je me présente, à mon tour, et nous causons. Mon petit interlocuteur est vite en confiance; il me raconte en souriant, comme on raconterait le sort le plus heureux, sa lamentable histoire d'enfant abandonné · « J'étais presque toujours seul à Paris, me dit-il; maman était occupée dehors, je ne sais pas où. Moi, je faisais la cuisine, je frottais les meubles, allez donc! tant que je pouvais, parce que j'étais battu quand ce n'était pas propre. — Et comment es-tu parti ainsi, tout seul? — Eh bien! une voisine qui venait de la gare a parlé d'un train d'émigrés qu'on chaufferait le soir. Alors maman a dit : « Tiens, voilà un bon

« moyen de faire faire au petit un voyage
« qui sera peut-être long. » Ça la faisait
rire. Moi, j'ai crié, pleuré. Je voulais
rester à Paris ; j'étais si content de penser
que les Prussiens allaient venir et que je
pourrais me battre contre eux. J'ai un
fusil, vous savez, et j'avais regardé, à la
caserne, comment les soldats faisaient
l'exercice. Depuis un mois, je le faisais
sur le trottoir devant chez nous, dès que
j'avais un moment. Heureusement, la voisine m'a promis que les Boches viendraient
jusqu'ici ; mais on ne les voit pas souvent !
— Et ta maman n'est pas partie avec toi ?
— Bien sûr que non. Elle a *son manger*
assuré à Paris ; alors elle est restée. C'est
naturel. » Il disait cela de sa petite voix
claire, en me regardant tout droit avec
ses yeux pleins d'innocence. « Et tu es
content ici ? — Oh ! très, très content. J'ai

eu une fameuse chance de prendre la
diphtérie et de venir. Je n'ose pas demander à la Sœur de me chercher un livre
d'images, c'est vrai, parce que je vois
bien qu'elle est trop occupée. Mais on
parle tout le temps de la guerre avec *les
camarades*. Ils sont très gentils, ils me don-
nent un peu du chocolat qu'on leur apporte, ils s'amusent avec moi. Quand je
pourrai me lever, peut-être qu'ils me feront
faire l'exercice... » Il prononce cette dernière phrase d'une voix tout émue; c'est là
le grand désir et la suprême confidence.

Comme le bonheur est chose relative!
Ce pauvre enfant malade à l'hôpital, égaré
au milieu des soldats, abandonné même
de sa mère, et dont l'avenir n'offre qu'un
tragique problème, se juge au nombre des
heureux de la terre et, dès lors, il en fait
partie. Je demeure un instant muette,

navrée par l'indicible misère racontée de
cette voix joyeuse, et le petit, qui ne doit
pas rester souvent inactif, promène ses
yeux fureteurs autour de la grande salle.
Désignant du doigt le crucifix pendu au
mur, il me demande subitement : « Qui
est celui-ci ? » Pauvre petit Français de la
catholique France ! N'aurait-il été amené
jusqu'à Saint-Dominique, dans le tour-
billon tragique des événements, que pour
se trouver en face de cette croix et pour
poser cette question ? « L'homme s'agite
et Dieu le mène. » On pourrait dire aujour-
d'hui : « Le monde s'agite... » Je parle à
mon petit émigré de son Père des cieux,
et de Celui qui aimait à s'entourer, sur la
terre, d'enfants aux cœurs purs. Il boit
littéralement mes paroles. On est loin
d'être écouté ainsi dans les œuvres ordi-
naires de catéchismes ! Vraiment, on

dirait qu'une main mystérieuse et puissante laboure en ces temps de douleur jusqu'aux âmes les plus neuves, celles qui sembleraient devoir échapper à l'emprise des événements. « Eh bien, voyez un peu, conclut l'enfant avec ses airs d'homme amusants, on ne m'avait jamais parlé de tout ce que vous venez de me dire ! Pourtant j'ai sept ans et, depuis deux ans, — pas avant, — je comprends très bien les choses. Sept ans..., deux ans... A cinq ans, on pouvait tout m'expliquer. C'est égal, j'ai failli ne jamais le savoir ! Vous reviendrez, n'est-ce pas, madame ? » — Oui, certainement, je reviendrai. D'autres aussi s'occuperont de lui et bientôt, je l'espère, le petit émigré, qui nous a été amené par les desseins de la Providence, aura de véritables raisons de se proclamer un heureux enfant.

UN MODESTE

C'est la lettre d'un père à son fils, petit blessé silencieux et modeste de l'un de nos hôpitaux temporaires, — et dont les camarades ont lu avec surprise, l'autre matin, dans les journaux, le nom glorieusement cité à l'ordre de nos armées. Alors seulement il a bien voulu raconter son histoire, une héroïque histoire de soldat de France, que l'on n'oubliera plus jamais chez nous. Chargé d'un ordre important et gravement blessé en cours de route, Livrot ne s'est pas reconnu le droit de se diriger vers l'arrière. Il a négligé la terrible blessure qui aurait demandé un secours immédiat, il a bravé la mort qu'il sentait tout près de lui, menaçante. « *J'ai continué ma route tout de même*, résume-t-il simplement et hâtivement quand il arrive à cet endroit de son récit; mais, une fois devant mon capitaine, *il n'y avait plus personne!* Je suis tombé à ses pieds évanoui. » Il s'excuse presque de cette inconcevable faiblesse et il rougit un peu de son courage. Mais, sur mes instances, il veut bien me communiquer, avec toute permission d'en user à ma guise, la lettre reçue de son père, il y a quelques jours, et dont chacun m'a parlé. Cette lettre, elle est si pleine de sobre courage, si sincère, et vibrante de la plus noble affection qui ait jamais existé de père à fils, que je croirais diminuer sa beauté en ne la transcrivant pas scrupuleusement, telle que l'a écrite ce simple à l'âme si haute, telle que je l'ai lue :

Montargis, 4 novembre 1914. — Cher enfant. Nous avons aucune surprise de voir ton nom figurer au journal du Gâtinais qui dit que Livrot est cité à l'ordre du jour. Nous en épprouvons une grande joie. C'est un honneur.

Nous t'en remercions, et nous te sonhaitons la guérison de ta blessure le plus rapidement possible. Si tu as le bonheur de réussir et que tu le veule bien, nous partirons tous les deux, et on s'acquittera avec les Boches. C'est mon idée. Quoi que tu en ait dit, ai-je raison, celui qui est à la guerre souffre, j'en conviens; mais celui qui n'y est pas souffre aussi de savoir tout ce qui se passe chez les Allemands pour nous battre. Tu me connais, et à nous deux, on donnera un coup.

« On parle beaucoup de toi à Montargis. Nous en sommes fiers. Bien des camarades

viennent nous voir et te féliciter; ils nous disent que tu n'as même pas tout ce que tu as mérité. Enfin, pour nous, merci de ta bravoure. Notre santé est bonne, et je te souhaite que tu sois de même. Ta mère et ton père, ainsi que beaucoup de voisins t'envoient bien des choses et t'estiment pour ton courage.

« Une grande poignée de main.

« LIVROT, cantonnier-chef. »

Et voici dans quels termes le major principal de l'ambulance écrivit au père après avoir lu cette lettre :

« Cher Monsieur, nous sommes heureux et fiers d'avoir, parmi nos blessés, un soldat si courageux et si modeste en même temps. Ce matin, en apprenant la citation de votre fils à l'ordre du jour de l'armée, pour sa vaillante conduite, je me suis permis de vous remplacer et de l'embrasser bien cordialement sur les deux joues. Dès que, prochainement sa santé sera rétablie, je me promets de le présenter à ses camarades, et de rendre hommage, malgré sa modestie, à sa bravoure et à son noble cœur. Vous pouvez être fier de votre fils, cher Monsieur, car vous lui avez donné le meilleur de vous-même et les nobles pensées que je sens en vous. Votre cher enfant m'a communiqué votre lettre, et je puis vous affirmer qu'elle m'a fait vibrer d'une profonde émotion. Si vous êtes fier d'avoir un fils comme le vôtre, nous sommes également heureux d'avoir des chefs de famille qui ont le cœur pénétré de si nobles sentiments. La blessure de mon jeune malade est en aussi bonne voie que possible.   , etc. »

CHEFS ET SOLDATS

Je racontais, il y a peu de jours, de quelle manière enthousiaste un certain fantassin me parlait de son jeune chef, **M. X...**, qui, promu capitaine il y a seulement onze mois, se trouve aujourd'hui, par son courage et sa valeur militaire, devenu chef de bataillon et chevalier de la Légion d'honneur. Et voici maintenant dans quels termes le commandant **X...** lui-même envoie du front ses remerciements aux félicitations si largement méritées qu'on lui adresse : « Dites bien que je dois tout à l'héroïsme de mes soldats, au courage désintéressé et admirable de ces hommes qui travaillent modestement à des beso

gnes gigantesques, pour l'accomplisse-
ment desquelles nous, les chefs, nous ne
sommes guère que des spectateurs. Ce
sont eux que l'on récompense en nous et
c'est vers eux que devraient aller toutes
les félicitations... »

La France entière sait bien quels
héroïques faiseurs de victoire elle possède
dans ceux-là surtout de ses officiers qui se
déclarent modestement « spectateurs de
leurs hommes ». Mais, parmi tant de nobles émotions ressenties maintenant chaque
jour, fixons le souvenir de celle qui fait
battre nos cœurs à constater l'admiration
réciproque du soldat envers son chef, du
chef envers le soldat. Voilà un sentiment
fécond, — gage de succès pour la France,
— un sentiment qui doit, de part et
d'autre, exalter les facultés d'endurance
et de bravoure, tour à tour nécessaires

dans cette étrange et terrible lutte, qui
doit aussi, loin de tout foyer, consoler
secrètement la détresse des âmes, en faisant du régiment une véritable famille. Et
dans quelle famille trouverait-on des
dévouements supérieurs à celui de ce
capitaine d'état-major qui, sans tenir
compte de ses galons, a ramassé lui-même
sur le champ de bataille un de ses hommes
grièvement blessé, et l'a transporté sur son
dos jusqu'à l'ambulance, pendant plus de
trois kilomètres? C'est un malade de sœur
Gabrielle qui a été sauvé de la sorte. Il
ajoute, toujours en racontant son histoire :
« Jamais une chose pareille n'arrivera à
un Boche. »

Il y a seulement quelques mois, c'était
une chose rare et exceptionnelle que de
devoir la vie à quelqu'un. Maintenant,
c'est entré dans nos mœurs. Je sais des

frères qui combattaient côte à côte : au
moment où l'un d'eux, après avoir exposé
sa vie pour sauver deux de nos 75, est
tombé gravement atteint, l'autre s'est
élancé hors de la tranchée, sans songer
même, a-t-il avoué, aux terribles dangers
qui le menaçaient de toutes parts. Il a ramassé son frère sous une grêle de mitraille,
et, servant de cible au feu allemand, il a
réussi à le porter jusqu'aux brancardiers.
Atteint lui-même à l'œil par un éclat
d'obus, couvert de sang, il s'est encore
dépouillé de sa capote malgré la pluie
froide d'une nuit de l'Est, pour couvrir sur
la civière le corps du plus jeune qu'il
voyait trembler de froid. Voilà les familles
d'aujourd'hui ! Plus d'égoïsme, pas même
celui qui consiste à conserver sa vie.
Toutes les affections se resserrent en s'en-
noblissant. Jamais peut-être, en France, on

ne se sera aimé comme on s'aime en 1914
parce que jamais on ne se sera autant
sacrifié au devoir. Qui donc a écrit ce
vers :

Il n'est de grand amour qu'à l'ombre d'un grand rêve?

LA COMPAGNIE DES AUDACIEUX

Je viens de revoir à Saint-Dominique le
petit soldat qui m'avait fait de si tou-
chants récits à propos des « camarades ».
Il avait demandé à regagner le front « le
plus tôt possible » et, de ce second et terrible voyage, il revient déjà avec une nouvelle blessure. Il est très gai, plein d'entrain, ravi de l'hôpital, des infirmiers, des
malades, de toutes choses. J'ai idée, cependant, que ce fantassin-là ne manque-
rait pas de gâteries dans sa famille.

Devant le petit cercle qui se forme autour de son lit, il s'élève vivement, et avec juste raison, contre la nuance de méprisant dédain avec laquelle on a pris l'habitude, au moins irréfléchie, de parler de son corps d'armée, le XVe corps. Quelques erreurs de début, bien vite et cruellement expiées, ont été cent fois magnifiquement rachetées. Le XVe corps inspire, d'ailleurs, de chevaleresques dévouements. Je connais un jeune officier, deux fois blessé, à qui l'on offrait d'entrer dans l'état-major du général de Castelnau, à cause de sa connaissance de la langue anglaise. Il a refusé, disant qu'il ne pouvait consentir, pendant les hostilités, à changer sa position de lieutenant de l'active, dans un corps quelque peu décrié, pour un poste moins dangereux, et, en apparence, plus honorifique.

Mon petit fantassin d'aujourd'hui, avec un accent tout vibrant d'émotion, raconte ce qu'il vient de voir. J'écoute, en passant, quelques-uns de ses récits. Là-bas, il a fraternisé avec un engagé de seize ans, dont le père avait été tué dès le début de la guerre. L'enfant a voulu prendre place dans l'armée, « uniquement, a-t-il dit, parce que j'ai senti combien il est dur d'être privé de son père et que je veux pouvoir marcher à la place des pères de famille »

Il parait que c'est un étrange petit soldat. Toujours une énorme pipe au coin des lèvres, il est à l'affût de tout ce qui touche à ses protégés : les pères de famille. Il veille sur eux constamment et, dans toute la mesure possible, les garde du danger. Chaque fois que l'un d'eux est désigné pour une corvée ou pour une mission périlleuse, l'orphelin, qui ne veut pas les voir mourir, se présente et, au besoin, *s'impose* pour les remplacer.

Mais, connaissant bien son monde, si c'est un jeune homme que l'on appelle, il ne s'èment en rien. « Je tiens à ma peau autant que tu peux tenir à la tienne », murmure-t-il entre ses dents, et il continne, paisible, à fumer sa « bouffarde ». Voilà donc un enfant qui a su s'élever jusqu'au sacrifice de lui-même pour avoir compris véritablement, profondément, une seule douleur. De quels dévouements nouveaux s'enrichissent alors la multitude d'âmes qui voient venir à elles tant de diverses souffrances !

Au XVe corps, raconte encore le jeune blessé, a été formée, dans un certain régiment, une compagnie nommée « la compagnie des Audacieux ». Elle est com-

mandée par un vaillant capitaine et se
compose de volontaires qui font profession
d'accomplir les besognes particulièrement
dangereuses. Une nuit, la compagnie des
Audacieux a reçu l'ordre d'aller couper
les fils de fer derrière lesquels, immédiatement, s'abritait une tranchée allemande.
Un par un, ils se sont coulés dans l'herbe
et sous les broussailles jusqu'au terrible
voisinage, en face duquel il fallait opérer.
Mais soudain, des fusées lumineuses, lan-
cées en grand nombre par l'ennemi, sont
venues éclairer, comme en plein jour, les
Audacieux, dans leur aventureux travail.
Les balles, soigneusement visées, ont
commencé à pleuvoir de tous côtés. Alors,
le capitaine, couché à terre au milieu de
ses hommes, a tenu le langage suivant ·
« Mes enfants, nous sommes repérés. Que
nous avancions ou que nous reculions, la

mort est certaine. Donc, il vaut mieux rester, poursuivre notre tâche jusqu'au dernier homme et mourir en braves. Puisque nous n'avons plus à nous cacher, nous allons, si vous le voulez bien, chanter *la Marseillaise.* » Aussitôt les accents de l'hymne national éclatèrent autour de lui, mêlés bientôt aux gémissements suprêmes des mourants. Les camarades de l'arrière entendirent ce chant et le bruit de la fusil lade. Ils comprirent. La sublime contagion de cet élan vers la mort, que « les plus hautes philosophies ne parviendront jamais à expliquer et à comprendre », s'empara d'eux. Rien ne put les retenir. Ils s'élancèrent et, pendant une heure, la compagnie des Audacieux fut composée du régiment tout entier.

Le lendemain, le communiqué officiel de France portait la ligne suivante :

les mailles, derrière la rangée

... se trouve une petite

... accès dans le

... de la Sœur. Ce bureau

... était si long,

... qu'à ... vue que sur

de ...

bois sur

registre où

... et les sor-

y a b

ıe préoccupa ı de toilette qui ait
dans la vie (œur Gabrielle : la
e immaculée elle vient ici revê-
a hâte, par-de la livrée bleue des
de la Charit' ant de se rendre à
le d'opératioı l y a encore, tout
fond, une larʒ ommode, dont les
ırs portent les uettes suivantes ·
vision de chocol Gâteaux secs pour
malades; Chauss s et effets de laine
distribuer. Il y a en sur le sol, un peu
artout, des musett entreposées, des
antalons rouges et s vestes militaires
remettre en état, (ourdes chaussures
hommes qui dégag une odeur de cuir
utôt incommode. Au milieu de ces objets
es, sœur Gab avec son jeune
enserré dans tte ailée, res
à quelque apparition,
ciel atten ain retour.

« A X..., nous nous sommes emparés d'une tranchée allemande. »

LE BUREAU DE SŒUR GABRIELLE

Au milieu de la salle, derrière la rangée des lits de droite, se trouve une petite porte basse qui donne accès dans le bureau particulier de la Sœur. Ce bureau est une sorte de couloir étroit et long éclairé par un vasistas qui n'a vue que sur le ciel, tout comme l'existence de sœur Gabrielle. Il y a là une table de bois sur laquelle est ouvert un grand registre où sont tenues en ordre les entrées et les sorties de blessés. Il y a là un crucifix pendu au mur blanchi, une étagère qui soutient quelques livres, soigneusement recouverts d'étoffe noire. Le porte-manteau révèle

l'unique préoccupation de toilette qui ait
place dans la vie de sœur Gabrielle : la
blouse immaculée qu'elle vient ici revê-
tir à la hâte, par-dessus la livrée bleue des
Filles de la Charité, avant de se rendre à
la salle d'opérations. Il y a encore, tout
au fond, une large commode, dont les
tiroirs portent les étiquettes suivantes :
Provision de chocolat; Gâteaux secs pour
les malades; Chaussettes et effets de laine
à distribuer. Il y a enfin sur le sol, un peu
partout, des musettes entreposées, des
pantalons rouges et des vestes militaires
à remettre en état, de lourdes chaussures
d'hommes qui dégagent une odeur de cuir
plutôt incommode. Au milieu de ces objets
étranges, sœur Gabrielle, avec son jeune
visage enserré dans la cornette ailée, res
semble à quelque angélique apparition,
dont le ciel attend le prochain retour.

C'est là qu'elle vient reprendre haleine, au pied de son crucifix, dans les journées trop rudes, là que je l'ai surprise tout en pleurs, quelques jours après l'annonce de la mort de son frère. C'est de là qu'elle revient à ses malades, plus sereine encore, plus doucement maternelle.

DES SOUVENIRS

J'ai entendu aujourd'hui raconter d'émouvantes choses par une de ces Françaises qui ont su, du jour au lendemain, se trouver à la hauteur de tous les dévouements et de tous les courages, sans doute parce qu'elles avaient l'habitude de maintenir secrètement à ce niveau « le chaque jour » de leur vie de femme du monde. Celle dont je parle, une habituée des hôpitaux, a été désignée, dès la mobilisation, pour aller ouvrir, avec ses compagnes, un hôpital à S..., ville aujourd'hui occupée, momentanément... Je l'ai interrogée avec instance sur ses souvenirs, puisqu'on peut déjà parler de souvenirs, en cette longue et terrible lutte, et je veux essayer de redire son récit.

« J'ai dû, à mon grand regret, commence-t-elle, me laisser devancer de deux jours par les autres infirmières de l'équipe, et jamais je n'oublierai le voyage que j'ai accompli pour gagner S..., au milieu de toute l'effervescence de la mobilisation. Seule femme en route, je me sentais véritablement, moi aussi, un soldat qui rejoint son poste, et c'était là une impression exaltante et apaisante à la fois. En passant à Reims, j'ai vu tout un régiment d'Alsaciens, parqué dans des wagons à bestiaux.

Les hommes qui le composaient avaient fait route par des chemins divers, exposés à mille dangers, et s'étaient réunis à notre frontière pour venir combattre avec les frères de France. La plupart d'entre eux ne connaissaient pas la chère langue de leurs pères. Un officier français les commandait donc en allemand. Ils venaient de recevoir leur drapeau, et les dures résonnances du langage ennemi autour de nos trois couleurs résumaient bien la double tragédie de l'Alsace : celle d'il y a quarante-quatre ans, et l'autre, la toute prochaine, qui en sera le glorieux contraste.

« Dans le couloir de mon wagon causaient des antimilitaristes qui s'affichaient comme tels, avec la noble inconséquence de se déclarer prêts à risquer leur vie dans cette guerre « indispensable et salutaire ». L'élan merveilleux qui devait sauver la patrie frémissait le long du chemin, tout autour de moi, calme, et vibrant d'une ardente vie que l'on sentait inépuisable.

« Arrivée au terme de mon voyage, j'entends pour la première fois gronder le canon. Mes compagnes me disent qu'il tonne sans cesse. C'est à ce bruit que nous achevons de transformer en hôpital les grands bâtiments du lycée de filles qui nous sont abandonnés. Mes compagnes ont déjà merveilleusement travaillé; mais quelle entreprise et que de détails auxquels il faut songer, malgré l'absorbante anxiété du moment! Au bout de quelques jours, nos préparatifs terminés, nous demeurons là, inactives, attendant les blessés. Il est particulièrement pénible d'avoir le temps de réfléchir, sans rien faire, à tout ce qu'impliquent ces mots : attendre les blessés, — attendre que les scènes de carnage dont la déclaration de guerre est le terrible signal, se soient accomplies tout près de nous, que les épaves humaines échappées à la mort nous reviennent, lamentables, de ces champs de douleurs. Nos pensées demeurent tendues vers les affreuses réalités que nous ne voyons pas et qui sont si voisines, peut-être. L'inaction nous pèse, nous énerve, et cependant que ne donnerions-nous pour reculer indéfiniment le moment où nous deviendrons nécessaires ! Hélas ! ce moment tarde peu.

Le 14 août commencent à nous arriver des malades et je puis voir déjà combien celles qui m'entourent sont à la hauteur de leur tâche. Quelques-unes d'entre elles ont à leur actif plusieurs campagnes : Grèce, Maroc, Bulgarie, et la valeur morale dépasse encore les talents déjà très grands.

« L'atmosphère s'électrise à S... Nous

sentons que l'action rapproche de nous
son cercle de fer et de feu. On nous
raconte que cent boulets allemands, tirés
près d'ici, n'ont fait heureusement que
seize victimes : quatre tués, douze blessés.
Pour la première fois, des avions ennemis
survolent la ville ; ils paraissent plus lourds
que les nôtres, de peinture plus foncée.
Quelques bombes sont jetées. Nous voyons
chaque jour passer, à toute allure et en
grand nombre, des autobus de ravitaillement qui vont rejoindre nos troupes on ne
sait où. Le mystère nous enveloppe, nous
oppresse. Un délégué, en venant nous
visiter, est tombé sans le savoir au milieu
du grand état-major. Il n'a pas vu plus de
cinquante à soixante officiers, et on lui a
appris qu'il se trouvait exactement au milieu de six corps d'armée. Avant de le laisser repartir, on a exigé sa parole d'hon-

neur de ne pas nommer l'endroit où s'était
effectuée cette rencontre.

« Le 15 août, messe en plein air. La
voix profonde du canon gronde, plus rap-
prochée. Tout le monde chante en chœur
le *Credo* et le cantique *Pitié, mon Dieu*
Nombreuses communions d'officiers et de
soldats. Ce que l'on éprouve là se garde
au fond du cœur. C'est de l'intraduisible.
— Les grands malades commencent à
arriver. En un jour l'hôpital est presque
au complet.

« Le 20 août, le général X..., commandant d'un corps d'armée, et son état-major
nous visitent en passant. Le général est
souriant. Il parle aux blessés d'une manière réconfortante et paternelle. Il leur
dit de « ne s'émouvoir de rien. Quoi
« qu'il arrive, nous finirons, soyez-en
« sûrs, par aller donner à Berlin une poi-

« gnée de main à nos amis les Russes. »

« L'un des officiers présents s'intéresse tout particulièrement à l'hôpital. Il me sera ramené trois jours plus tard sur une civière et je serai fort surprise d'entendre la voix de ce blessé, que je crois inconnu me dire soudain : « Je ne m'attendais pas, « madame, au plaisir de revenir si tôt « vous voir. » Ce jour-là, le 23 août, nous sommes au lendemain d'une grande ba taille — l'affaire des bois de Saint-H... — et les blessés sont amenés en quantité...

« Vers midi, nous recevons un général que nous casons de notre mieux dans une petite chambre. D'ailleurs, il ne veut pas de régime spécial et, quoiqu'il souffre terriblement, il ne songe qu'à faire soigner deux de ses officiers. Par un hasard extraordinaire, un soldat de sa division arrive quelques instants après lui. Joie du

général, il va donc apprendre ce que sont
devenus quelques-uns de ses enfants. Il
veut voir le soldat de suite : « Eh bien, le
« commandant? — Mort, mon général.
« — Et le capitaine? — Mort, mon géné-
« ral. » Quatre fois les questions se renou-
vellent, quatre fois le soldat, d'une voix
qui s'enroue, fait la même réponse funèbre.
Alors le général baisse la tête et ne demande plus rien. Nous voyons des larmes
couler sur son visage énergique. Sans rien
dire, nous sortons de la petite chambre
sur la pointe des pieds, en grand silence,
comme si nous risquions d'éveiller de leur
glorieux repos ceux dont on vient de pro-
noncer les noms.

« Un lieutenant de V... nous présente
une plaie en séton qu'il porte à la tête; la
balle a ricoché sur le crâne. Il nous apprend
des détails terribles : partis 1250, ils ne se

sont retrouvés que 67! Cependant il refuse
de s'éloigner du danger. Il ne nous demande qu'un pansement et ne veut ni rejoindre son dépôt, ni même mentionner sa
blessure. Dès le lendemain matin, il repartira seul, au hasard, et se mettra à la re-
cherche de son régiment. Impossible de
rien faire changer à son dangereux pro-
gramme. Que sera-t-il advenu de lui?

« Le 24 août, il est reconnu que la
situation de S. devient de plus en plus
dangereuse. Ma responsabilité pèse lour-
dement sur mes épaules. Dans l'après-
midi, j'apprends que l'hôpital militaire
évacue. Faut-il faire de même? Faut-il
rester? Les vies qui m'entourent me sont
confiées et dépendent de la résolution que
je vais prendre, je le sens bien vivement!
Je demande conseil au curé-doyen de S
qui a vu 1870. Il est absolument catégo-

rique : « Évacuez votre hôpital. Partez
« vous-même au plus tôt. Voulez-vous
« donc que vos blessés soient bombardés
« ou massacrés? Voulez-vous être mise
« avec vos compagnes, au service des am-
« bulances ennemies, pendant la durée de
« la guerre? » Ce mot me décide. Soigner les Prussiens de cette manière,
sous les ordres de leurs chefs, comme
une Allemande, jamais! Je vais donc
à la gare, où l'on me promet tout juste, et
à grand'peine, les places nécessaires dans
le dernier train du soir. L'administration
du chemin de fer met un wagon à notre
disposition personnelle. En revenant de la
gare, je fais part à mes compagnes de la
décision que j'ai dû prendre. Elles s'en
montrent désolées, cherchent à faire changer mes projets. Quelques-unes d'entre
elles demandent à rester, ou même, si

l'hôpital est fermé, à être envoyées plus avant. Je leur dis qu'un wagon leur sera réservé dans le train des blessés; mais toutes refusent de partir. Ma responsabilité s'alourdit de leur courage.

« Nous procédons aux toilettes et à l'embarquement de nos malheureux blessés, qui se croyaient parvenus à un repos si durement acheté. Pour ne pas les impressionner, nous leur disons qu'ils laissent leur place à de plus malades. Alors, « tout est bien », et pas une plainte ne retentit au sujet de ce départ précipité, qui leur vaudra tant de cruelles souffrances. Pendant que nous agissons à la hâte, d'autres blessés arrivent, puis d'autres encore. On doit les entasser pêle-mêle, dans la salle des fêtes du lycée, et jusque sur le théâtre. Un pauvre petit sous-lieutenant, gravement atteint, me de-

mande s'il ne pourrait pas rester. Il a
vingt ans à peine, un visage d'adolescent.
Il ne sait quel parti prendre et s'en remet
à ma décision avec une soumission d'enfant. Je crois remplacer sa mère, en effet,
je pense à elle en lui conseillant de partir.
Il a perdu tous ses effets militaires. On
l'enveloppe d'un antique pardessus mar-
ron, donné à l'hôpital, et dans lequel il se
perd; on lui met sur la tête un étrange
chapeau. Je confectionne une pancarte,
sur laquelle j'inscris le mot « officier », et
je la couds sur sa poitrine, — ceci malgré
ses protestations, car il ne voudrait aucun
privilège. Une fois prêt, je le vois si
épuisé, si chancelant, que je lui donne deux
injections d'huile camphrée pour la route.
Il les fera lui-même ou demandera le
secours de quelque camarade, s'il se sent
pris de faiblesse.

« A neuf heures du soir, les voitures sont
là et le douloureux embarquement s'effec-
tue. Ce terrible cauchemar est donc bien
une réalité? Le bruit des roues qui s'éloigne nous frappe sur le cœur... Un instant
plus tard, comme nous prenons quelque
nourriture, un colonel d'état-major nous
amène une automobile pleine de blessés!
Il les a trouvés dans les fossés, tout le long
de son chemin; quelques-uns délirent.
Sans les débarquer, on les conduit à la
gare, avec un laissez-passer, cette fois, car
on ne circule plus en ville; tous les ponts
sont minés.

« Il faut maintenant nous occuper des
malades les plus graves. Les médecins,
dont le dévouement ne s'est pas un instant
démenti, se sont refusés à les laisser partir : il en est qui agonisent! Nous ne pouvons nous résigner à les abandonner et,

cependant, de tous côtés, on me répète le
même conseil : « Partez, évacuez. Vos
« malades seront plus en sûreté à l'hôpital
« civil que sous le drapeau de la Croix-
« Rouge. » Je fais appeler de nouveau les
docteurs. Ils me promettent de veiller
tout particulièrement sur ceux que je vais
laisser. Alors, à dix heures du soir, le curé
vient les confesser et les administrer.
Quelle scène! Il faut encore accomplir,
pour leur admission, une démarche à
l'hôpital. Je veux m'y rendre. On m'a
donné le mot de passe; mais après onze
heures, il ne sert de rien, on ne doit plus
circuler. Une de mes compagnes et moi,
nous faisons des kilomètres le long de la
Meuse pour gagner l'hôpital, sans passer
en ville. Nous entendons le bruit des mines
qui font sauter certains ponts. Le brave
homme qui nous accompagne a vu son

père fusillé en 70. Lui-même, alors enfant
a été mis en joue par les uhlans. Il nous
répète sans cesse la même supplication :
« Vous n'allez pas nous abandonner, au
« moins? Cela voudrait dire que les Prus-
« siens reviennent. Vous n'allez pas par-
« tir? » Enfin, nous parvenons à l'hôpital
où nous retrouvons la céleste et paisible
vision des temps de guerre, la chère cornette blanche, prompte à accueillir toutes
les infortunes. Nos malades seront donc
attendus au lever du jour. Au loin, dans la
ville obscure, nous apercevons, en revenant, les lueurs rougeâtres d'un incendie·
de ce côté-là des cris retentissent. Des mitrailleuses sont prêtes à recevoir les uhlans.
Ah! combien tout est lugubre. Nous rentrons chez nous à deux heures du matin.
Nos compagnes sont restées stoïquement
debout au chevet des malades.

« Dès trois heures et demie, le bruit des voitures retentit dans la cour et nous aidons nous-mêmes à charger nos pauvres blessés. Ce sont de véritables mourants, des râlants qu'il faut faire partir cette fois. Peut-être, au moins, par cette mesure, leur obtiendrons-nous une fin paisible, abritée de l'affreux bombardement, de la sinistre arrivée des Prussiens autour de leur lit d'agonie, de toutes les scènes d'horreur qui les menacent ici de trop près. Il ne faut rien moins que de telles raisons pour ne pas faire chanceler ma détermination (1)!

(1) Mme X... ne dut pas tarder, au contraire, à se féliciter de la décision qu'elle s'était résignée à prendre avec tant de peine. Les journaux du 30 août racontèrent, en effet, que les Allemands, entrés sans défiance à S..., s'installèrent place Nassau, la place même dont le lycée, hôpital de la Croix-Rouge, formait le fond. Ils reçurent là le feu violent de l'artillerie française dissimulée dans les bois de la Marfée. En certains endroits, sur la place, les cadavres amoncelés s'élevaient à deux mètres de hauteur. Le curé-doyen de S..., qui avait donné avec instance à Mme X... le conseil du départ, a été fusillé par les Prussiens.

« Quel déchirement! Nous montons dans la dernière voiture, pour les aecompagner jusqu'à l'hôpital. Pendant le trajet en ville, des gens à demi vêtus, aux figures hagardes, sortent devant leurs portes ou se mettent aux fenêtres sur notre passage : le moindre bruit leur fait croire à l'invasion prussienne.

« Une dernière fois, nous rentrons dans notre hôpital et, le cœur serré, nous refaisons le tour des grandes salles vides. Que de peines inutiles représente cette installation abandonnée! Prenant avec nous les armes et les munitions des blessés, nous montons enfin dans une voiture d'ambulance, et le concierge nous conduit à la gare. Mais là nous apprenons que les communications avec S... sont interrompues. Il n'y a plus de trains, c'est fini. On nous dit que le commandant de la place pourrait peut-être réquisitionner une automobile à notre usage. Nous nous rendons chez lui : il est aphone, malade et ne dispose que d'une bicyclette. Nous pensons alors au général dont nous avons reçu la visite. Il s'est établi, avec son état-major, dans la demeure de l'une des visibles providences de notre hôpital. Nous y arrivons. Hélas! vide et silence partout. Le général s'est déjà transporté plus loin. D'un instant à l'autre, S... va faire partie du front même de l'immense lutte.

« Nous nous décidons alors à user de « Tirot », notre brave cheval, jusqu'à l'épuisement de ses forces. Mais son conducteur, craignant de ne plus pouvoir rejoindre les siens, une fois les ponts sautés, nous déclare que, pour son propre compte, il nous quitte définitivement. L'une de nous, qui a toujours la décision rapide et

heureuse, s'empare des rênes : elle con
duira notre véhicule, à travers les mille
difficultés de la route. Le but du voyage
est indéterminé. Nous marcherons, dans
la direction de Reims, aussi loin que Tirot
voudra bien nous porter.

« Nous voilà donc en route, parcourant
ce pays d'une merveilleuse beauté, sillonné
en ce moment par une étrange population
qui incarne la bataille ou l'effroi. Nous
traversons toute la défense. Il y a là le
XIe corps et une partie du XVIe, prêts à
l'action qui aura lieu le soir même. Des
batteries sont dissimulées derrière chaque
haie. En regardant à travers champs, nous
apercevons, dans des fossés, des rangées
de têtes d'hommes. A mesure que nous
avançons, nous distribuons aux troupes les
armes et les munitions qui remplissent
notre voiture. Des artilleurs nous deman-

dent des médailles. La route est eucom-
brée par la navrante foule des émigrants
en fuite. Ils conduisent des charrettes char-
gées de vieillards, d'enfants, de meubles,
des objets les plus divers. Au milieu de
l'invraisemblable poussière, chacun che-
mine lentement, lentement, ménageant sa
monture, pour lui permettre de fournir le
plus long trajet possible. Nous descendons
de voiture aux montées, afin de reposer
Tirot. Des malheureux, à pied, sans aucun véhicule, portent de lourds paquets
sur leur dos. Je remarque une jeune
femme, à la démarche exténuée, qui
attend prochainement un enfant. Il y en a
un d'environ deux ans, dans la brouette
qu'elle pousse devant elle. Un autre court
à ses côtés, s'accrochant à sa jupe. Elle
est seule. D'ailleurs, on ne voit pas
d'hommes. Toutes ces faiblesses, arra-

chées brutalement des foyers qui, en l'absence du père, du mari, auraient protégé leur solitude, sont jetées dehors sans appui, sans sauvegarde. Que deviendront-elles? Les soldats eux-mêmes, qui marchent en sens inverse, allant à la bataille, et qui ont bien d'autres soucis, ne peuvent voir cela sans émotion. J'en entends qui murmurent · « C'est malheureux tout de même! »

« Notre pauvre Tirot est bien fatigué. On le nourrit un peu partout sur notre passage, car nous n'y entendons rien. Pour le délasser, quelques-unes de nous font deux kilomètres dans une auto pleine de viande, d'où l'on descend saturée d'odeurs peu agréables. Repos dans un village. Un jeune médecin, rempli de zèle, nous apporte un gigot cru comme provision de route. Nous apprenons qu'à S..., alors

occupées de nos
patrouilles de ublans
la ville : il y a eu dix-

notre route complète-
cheval n'en peut plus.
nous lui offrons un peu
à compresses. La
kilomètres, parait-
cesse d'entendre le

d'une petite
pour reprendre
d'un champ de blé. A
des troupes
lointain, indéfini...
les services de
d'immenses
vers un

volent c essns de nous, pour
mouvem des armées. Assises
hticule, s nos blouses blan-
rmières. ıs deviendrions vite
ommoc l faut donc conti-
chemin y a dix heures que
quitté et nous n'avons en-
hi que ;t-cinq kilomètres.
rsons al l'admirable bois du
. Là, pa ı contraste impres-
ıe calme profond. Toute la
oir s'est r giée dans la forêt.
-ns qui én ent ne la troublent
la splend obscure des grands
, ils march t, silencieux, suivis
ongs trou aux, et font songer
ues patriaı es, aux temps heu-
ıverselle c orde. Mais ces mo-
détente son ourts. Au sortir du
ıs rencontr un officier qui ré-

que nous étions encore occupées de nos blessés, les premières patrouilles de uhlans sont entrées dans la ville : il y a eu dix-huit tués.

Il faut reprendre notre route complètement à pied : le cheval n'en peut plus. De temps à autre, nous lui offrons un peu d'eau dans une boîte à compresses. La bataille se livre à douze kilomètres, paraît-il. De ce côté-là, on ne cesse d'entendre le canon.

« Parvenues au sommet d'une petite crête, nous nous asseyons, pour reprendre haleine, au bord d'un champ de blé. A nos pieds, le vaste mouvement des troupes continue, proche et lointain, indéfini... Les voitures régimentaires, les services de santé se succèdent; on dirait d'immenses fourmilières humaines se hâtant vers un but mystérieux. Soudain, trois aéroplanes allemands volent au-dessus de nous, pour repérer le mouvement des armées. Assises sur ce monticule, dans nos blouses blanches d'infirmières, nous deviendrions vite une cible commode. Il faut donc continuer notre chemin! Il y a dix heures que nous avons quitté S... et nous n'avons encore franchi que vingt-cinq kilomètres. Nous traversons alors l'admirable bois du Mont-Dieu. Là, par un contraste impressionnant, le calme est profond. Toute la paix du soir s'est réfugiée dans la forêt. Les paysans qui émigrent ne la troublent pas. Sous la splendeur obscure des grands ombrages, ils marchent, silencieux, suivis de leurs longs troupeaux, et font songer aux antiques patriarches, aux temps heureux d'universelle concorde. Mais ces moments de détente sont courts. Au sortir du bois, nous rencontrons un officier qui réquisitionne pour nous un cheval et un bicycliste; il nous signale à l'étape prochaine, où l'on met aimablement trois automobiles à notre disposition. C'est ainsi que nous parvenons enfin à V... Voyageant depuis l'aube, nous y arrivons à la tombée du jour. Impossible de trouver une seule chambre libre dans aucun hôtel. Heureusement, des personnes hospitalières nous recueillent et, militaires jusqu'au bout, nous logeons chez l'habitant. Nous pensions jouir là d'un peu de repos et attendre les ordres de Paris, quand, le lendemain matin, nous apprenons qu'on évacue la ville et qu'il faut partir en toute hâte. Je fais une démarche auprès des autorités pour obtenir un moyen de transport. On nous envoie une automobile, beaucoup trop petite pour nous contenir toutes. A ma vive inquiétude, je dois laisser momentanément derrière moi,

dans cette ville menacée, quelques-unes de
mes compagnes, mais je reviens les chercher le soir même, et à quelle allure ! Mon
chauffeur connaît le prix du temps, en ces
jours d'invasion. Il doit cependant modè-
rer sa vitesse pour traverser le village de
Souain, prêt à la défense, et qui deviendra, dans peu de jours, le théâtre d'une
lutte si dure, si acharnée et si glorieuse
pour l'un de nos régiments (I). Déjà, ce
soir-là, nous nous heurtons partout à des
chaînes tendues. Des fusils se croisent devant nous à tous les coins de rue. Ce fut
ma dernière vision des champs de bataille
prochains... »

De semblables récits sont comme des
parcelles de la gigantesque lutte, qui arrivent, chassées par le vent des combats,
jusqu'aux contrées heureuses, abritées au

(1) V. p. 24.

moins de l'horrible dévastation, de l'effroi immédiat. On écoute, et l'on se tait... Le silence est l'hommage ému que demandent tous les secrets courages et tout l'inexprimable renfermés dans de tels souvenirs.

Petits enfants de 1914, il faudra plus tard écouter sans rien dire, il faudra religieusement écouter les « histoires vraies », terribles et glorieuses, faites de dangers, d'héroïsmes et de larmes, qui se préparent pour vous dans tous les foyers de France.

DES NOUVELLES DES MÈCHIN

Il était entendu que les Mèchin me donneraient des nouvelles de leur douloureux voyage de retour. Les pauvres gens! Je les ai vus s'empiler, pour quitter notre ville, dans un compartiment de troisième classe déjà rempli. Il y avait, à côté d'eux, des militaires de l'âge de leur fils, des blessés qui guériraient, sans doute, des parents encore heureux. Ils repartaient en deuil de cette gare, où ils étaient desceudus, deux mois auparavant, le cœur rempli d'espoir. Tandis qu'à l'heure du crépuscule, ils montaient péniblement dans le grand express lumineux, la tombe de leur fils, plus solitaire de leur départ, s'enfonçait sous l'ombre des sapins. Le ruban tricolore, noué à la croix noire, se ternissait dans l'humidité d'une nuit de novembre. Mais les Mèchin sont de vrais paysans français, au sens le plus élevé de ce mot. Ils possèdent, avec des sentiments chrétiens très profonds, ce paisible équilibre des forces de l'âme et de celles du corps, privilège de la saine vie des champs. Ils ont aussi cette légère teinte de fata-

lisme qui leur fait dire à tous, devant le
malheur : « Puisque nous n'y pouvons
rien ! » Ils ont surtout le noble et perpétuel souci de leurs responsabilités vis-à-
vis de la terre, l'habitude de dominer les
plus fortes tristesses, pour obéir à l'ordre
pressant qui ne souffre pas de retard, et
les invite au travail de chaque saison.

Tout cela se retrouve dans la lettre que
m'a adressée le père Mèchin et qui conte-
nait, pour me faire plus d'honneur, —
une carte de visite, soigneusement litho-
graphiée : « Mèchin, agriculteur. » Le
beau titre et les belles âmes que celles de
ces braves gens ! Je ne reverrai sans doute
plus les Mèchin, mais je garderai toujours
cette lettre :

« Madame, j'ai l'honneur de vous dire
que nous sommes arrivés chez nous à six
heures du soir, ce qui nous a fait un voyage

de trente heures. Tous nos enfants et petits-enfants nous attendaient à l'arrivée de la diligence. Que de pleurs ils ont versés avec nous ! A grand'peine nous pouvons nous consoler de la perte de notre cher enfant bien-aimé. Il faut cependant nous dominer pour continuer notre devoir de travailleurs. Comme je le dis à ma famille, c'est un devoir encore plus grand maintenant que le petit est mort pour défendre la terre que nous cultivons. Pauvre cher enfant ! Son visage est constamment devant nos yeux.

« Je termine, chère dame, en vous priant de recevoir nos remerciements et en vous donnant une forte poignée de main d'amitié. Ma femme, mes enfants et petits-enfants se joignent à moi.

« MÈCHIN père, *médaillé de* 1870.

« Veuillez, s'il vous plaît, rappeler à sœur Gabrielle sa promesse de faire déposer une couronne de feuilles de lauriers sur la tombe du soldat Mèchin. Nous ne désirons pas qu'on y mette autre chose. »

Non, vraiment, il ne faut pas qu'on y mette autre chose ·

> N'effeuillez pas sur l'urne close
> La fleur d'Aphrodite, la rose :
> Ce mort n'a pas connu l'amour.
>
> Ne jetez pas non plus sur elle
> La fleur des vieillards, l'immortelle
> Cet enfant n'a vécu qu'un jour.
>
> Si vous voulez qu'au noir séjour
> Son ombre descende fleurie,
> Cueillez tous les lauriers dans les bois d'alentour ·
> Mon fils est mort pour la patrie (1) !

---

(1) *Les Phéniciennes*, adaptation de G. RIVOLLET, acte IV, scène I.

UNE PLAINTE

Sœur Gabrielle me signale aujourd'hui un blessé dont le mal s'aggrave. Absorbée par plusieurs opérations, elle ne peut s'attarder à ce chevet de souffrances. Je m'y rends donc, et savez-vous quelle plainte j'entends passer, douloureuse et tendre d'une indicible tendresse, sur les lèvres de ce jeune homme? « Ah! pauvre France, tes enfants souffrent bien. Pauvre, pauvre France! » Il la plaint du martyre qu'elle endure à travers sa chair. Comme il sent bien qu'il est *son fils!* Et, de fait, jamais elle n'a été plus glorieusement, plus cruellement et plus tendrement *mère* qu'aujourd'hui. Sa sollicitude pour ses enfants sol-

dats envahit jusqu'à la moindre chaumière
de son territoire. On pense à eux, on travaille pour eux, partout, chaque jour,
sans distraction. Rien ne ressemble à la
pitié qu'ils inspirent. Cela vous prend le
vif du cœur, vous fait souffrir non pas
d'une douleur de sympathie, mais d'une
douleur personnelle. Cela vous hante et
vous poursuit partout. C'est bien l'âme
maternelle de la France qui frémit et pleure
en chacun de nous, qui implore sans trêve,
au prix de tous les sacrifices, le soulage-
ment de ses enfants héroïques et malheureux.

DES LETTRES

Lettres d'étranger qui saluent la France
comme redevenue la grande nation de
jadis. Ah! que cela fait du bien, quand on

a rapporté l'amer souvenir de tant de dédains mal déguisés, ressentis hors de nos frontières. « Notre famille française nous devient ce que nous avons de plus cher et de plus sacré », écrit, de Rome, la marquise X...

Lettres de nos amis les Anglais, toujours calmes, même dans l'héroïsme, et d'un jugement supérieur : « 3 septembre... Naturellement, je ne puis vous parler d'autre chose, chère madame, que de cette terrible guerre. Notre peuple est lent à commencer; mais vous verrez qu'il est encore plus lent à quitter ce qu'il tient. Quand une fois *l'esprit du combat* est entré chez nous, il faut aller jusqu'au résultat final. C'est un grand spectacle que de voir comme nos hommes se battent, et peut-être notre petite force, — qui graudira, d'ailleurs, bientôt, — aidera-t-elle à

l'heureux résultat. Des deux côtés, sans
doute, les pertes seront effrayantes, mais
particulièrement du côté allemand. Néan-
moins nous devons tout braver, nous préparer à supporter tous les sacrifices,
d'ordre privé et d'ordre public, pour
échapper au péril teuton. Ma fille s'oc
cupe des ambulances; mais elle préfére-
rait partir pour la France, dans un bateau
de soldats. Il est vraiment splendide de
penser que nos deux nations, tant de fois
ennemies par le passé, combattent aujour·
d'hui côte à côte, à l'heure la plus critique
de leur histoire... Au revoir, chère madame, et puissions-nous de nouveau nous
rencontrer dans de plus heureux jours. —
C. B... »

« 10 *novembre*. — Je suis si terriblement occupé au ministère de la Guerre,

chère madame, que je n'ai pu trouver, jusqu'à présent, le temps de vous remercier de votre intéressante lettre. Je travaille douze heures par jour, les dimanches compris, et, quand je rentre chez moi, je ne puis que me mettre au lit, mort de fatigue. Aujourd'hui, cependant, je suis venu respirer vingt-quatre heures au bord de la mer, et cela me procure le plaisir de vous écrire. Quels temps de sombres anxiétés nous traversons! J'espère que vos blessés vont mieux, que vous recevez de bonnes nouvelles de ceux qui se battent encore. Au milieu de vos angoisses de famille, ce doit être une grande fierté et une consolation pour vous de sentir que le monde entier a les yeux fixés sur vos compatriotes et sait qu'ils se battent mieux encore, s'il est possible, qu'ils ne l'ont jamais fait — avec tout le vieil élan qui

leur appartient en propre et les a rendus
fameux dans l'Histoire, et aussi avec une
ténacité nouvelle, que je qualifierai d'un
peu anglaise, si vous me le permettez. —
Vous avez en Joffre un grand *meneur*. Lui
et notre homme, le général French, ont
d'étranges ressemblances morales et même
physiques, et nous aimons à les constater.
Autant que je puis en juger, les Allemands
échouent complètement dans leurs deux
idées successives : aller à Paris et à Calais.
Nous pouvons nous féliciter mutuellement
de ces échecs! La manière dont ils viennent
et reviennent toujours à l'attaque les conduit à une mort certaine et, même si les
alliés souffrent de grandes pertes, ils en
font, eux, d'incalculables et d'irréparables.
Quant à dire le temps que durera cette
horrible guerre, comment vous répondre
à ce sujet, chère madame? Personne n'en

peut rien savoir. Si les choses continuent comme à présent, elle s'éteindra d'elle-même, par l'épuisement des forces allemandes. Le dénouement, plus ou moins prochain, dépendra beaucoup de ce que vont faire les Russes, dont les millions d'hommes commencent tout juste à se mouvoir réellement. Mais vous comme moi, nous devons « posséder nos âmes dans la patience » et nous défendre à nous-mêmes d'appesantir *inutilement* notre pensée sur les horreurs de ces carnages. Mieux vaut garder nos forces pour agir. Ici, nous attendons des soldats blessés, et ma fille a beaucoup à faire pour préparer la villa. Nous recevrons aussi des officiers couvalescents qui ont besoin du grand air et ceux qui auront été mentalement dérangés par leurs terribles aventures. Je vous en prie encore, chère madame, efforçons-nous de songer, de préférence, aux temps meilleurs qui approchent. — C. B   »

Voici maintenant des lettres de chez nous, de ce « chez nous » par excellence, de ces champs d'héroïsme français où, dans un mystère que nous respectons, évolue l'armée qui nous sauve. C'est un de nos meilleurs officiers qui écrit à sa femme et lui fait suivre, presque au jour le jour, sa dure vie de campagne :

« *Souain, 25 septembre.* — Je vous griffoune cette carte sous le plus formidable bombardement que j'aie encore subi. Les Allemands essaient de nous chasser par les obus de ce village où nous tenons depuis huit jours, malgré tous leurs efforts. Les obus de très gros calibre pleuvent avec un bruit assourdissant sur les granges délabrées et incendient les quelques rares qui tiennent encore debout. A cette minute, notre existence est un dé jeté en l'air, et c'est fatal à un tel point que notre cœur n'en bat pas une seconde plus vite. Nous terminions justement un bridge et je vous assure que ce n'est pas là ce qui nous l'a fait interrompre. Les hommes allaient manger leur soupe; ils attendent la fin de cet ouragan pour aller relever celles de leurs marmites qui seront encore debout. Peut-être est-ce le présage d'une attaque allemande? Tant mieux, un abordage — d'où qu'il sorte — sera une issue dans cette expectative exaspérante, où nous nous tenons nez à nez depuis quelques jours et qui ne peut durer. Après la Marne, il nous faut une autre victoire, pour dégager notre frontière du Nord. Puissions-nous l'avoir bientôt! »

« **29** *septembre*. — Après de rudes émotions, il me semble que, cette nuit, il va y avoir quelques instants de calme. J'en profite pour me hâter de vous écrire. Nos positions se maintiennent sur le village en ruines que nous avons enlevé par une opération de nuit, le 13 au soir, perdu le 14 vers midi, reconquis par une nouvelle attaque de nuit le 15 et, depuis lors occupé en dépit d'invraisemblables bombardements. C'est assez vous dire que nous sommes dans une partie du front de la grande bataille où les efforts des deux partis pour gagner du terrain en avant se neutralisent, se contre-balancent (1). Les Allemands font à notre pauvre village, brûlé et dévasté, l'honneur de le considérer comme un vrai fort. Ces déluges de fer et

_____

(1) Ces lettres n'ont été datées qu'une fois la période de l'action terminée, dans les endroits signalés.

de feu font heureusement plus de peur que
de mal; mais ils sont surtout une rude
épreuve pour le moral. Notre régiment se
taille dans l'armée une belle réputation de
mordant et de ténacité, dont on songe, je
crois, à le féliciter officiellement... Nos
unités, qui naturellement ne se composent
à peu près plus que de réservistes, se com-
portent bien. Ah! ce n'est plus le cran et
l'entrain juvénile de nos compagnies ac-
tives du début. C'est lourd à manier, ça
songe un peu trop à manger et à dormir,
mais c'est décidé, tenace, solide au feu, pro-
fondèment désireux d'expulser l'envahis
seur et résistant à la prodigieuse fatigue
de notre existence. Nous ne nous sommes
plus déshabillés ni déchaussés, depuis environ trois semaines, et, au milieu de cette
série, nous avons passé cinq à six jours,
sous une pluie battante, dans les bois,

tapis au fond des tranchées crayeuses, d'où nous sortions le matin dans quel état! Il n'est pas question, naturellement, de nos cantines et de nos chevaux qui sont restés, avec nos ordonnances, à 5 ou 6 kilomètres en arrière de nous. Les ravitaillements marchent d'ailleurs très bien. Les voitures se rapprochent la nuit à 1500 ou 2000 mètres en arrière; nous envoyons auprès d'elles les corvées et, le matin, les unités se trouvent avoir à peu près ce qu'il leur faut. Grâce aux ruines fumantes, les hommes peuvent faire leur cuisine, sans trop attirer l'attention des observateurs ou des avions ennemis, ou bien, quand cette attention est attirée, nous recevons une dégelée de bons pruneaux.

« On ne trouve rien à acheter dans ces pays complètement abandonnés et ravagés. Quand on déniche quelque habitant apeuré au fond d'une cave, on s'empresse de l'évacuer à l'arrière. On trait, on tue les quelques rares bestiaux qui se trouvent encore dans les écuries, pour utiliser à plein ce que le pays peut encore donner, et le rendre, en tout cas, inutilisable pour l'ennemi. Ici nous ne trouvons plus que quelques pigeons amaigris comme volatiles, des vaches affolées dont on se dispute le lait, de très rares pommes de terre, quelques choux et carottes. On dit que les Allemands sont sérieusement affamés, qu'ils ne vivent plus que de conserves. Ils tiennent cependant **et** ne veulent pas se laisser bouter dehors! Il faudra bien que ça vienne tout de même.

« Le plus terrible commence à être la perspective d'une rude campagne d'hiver. Les quelques jours de pluie, la semaine

... dans quel état!
... naturellement, de
... mes chevaux qui sont
... , à 5 ou 6 kilo-
... de ... . Les ravitaille-
... d'ailleurs très bien. Les
... la nuit à 1500 ou
... , nous envoyons
... et, le matin, les
... à peu près ce qu'il
... . nos ... fumantes, les
... font leur cuisine, sans
... des observateurs ou
... , ou bien, quand cette
... en ..., nous recevons une
...
... dans ... acheter dans ces

de l'ennemi a l'o
les quelques ...
encore dans les ...
plein ce que le ...
le rende. ... u ...

quelques ...
... , des ...
... le ...
le ... . quel...
On dit que les
... défense
de conserves
ne veulent pas
Il faudra bien
même.

« La plu...
propriété ...

on s'empresse

re n trait, on tue

tia qui se trouvent

ie pour utiliser à

u core donner, et

utilisable pour

t avons plus que

i comme vola-

folés dont on se

très rares pommes

chox et carottes.

ls sont sérieu-

s vivent plus que

t cependant et

ss bouter dehors!

c vienne tout de

co nence à être la

c npagne d'hiver.

e nie, la

dernière, nous en ont donné un redoutable avant-goût.

« Votre pensée ne me quitte pas, non plus que le portefeuille où j'ai votre photographie et celle des enfants, ainsi que la prière à la Vierge « pour ceux qui s'aimaient et qui ont été séparés ». Mais mon courage ne me quitte pas non plus; d'ailleurs, ne doit-il pas découler de notre amour? Que Dieu dispose de nous, mais qu'il bénisse pour jamais nos destinées groupées ou séparées. »

« *Environs d'Ypres, 8 novembre 1914.* — Nous venons de vivre les plus formidables jours de bataille que nous ayons encore vécus. Quatre jours et quatre nuits durant, sans arrêt, mon bataillon a été sur la brèche, attaqué, attaquant, fusillé, fusillant, mais malheureusement canonné surtout. Les Boches ont une grosse artillerie terrible et ils nous appliquent par surcroît tout leur énorme matériel du siège d'Anvers, en prodiguant les munitions avec une fantaisie telle qu'on se demande comment ils peuvent alimenter à ce tarif autant de formidables bouches à feu. Même à Souain, nous n'avions pas connu pareil déluge de fer, surtout à jet continu. Ces quatre jours de combats ont été terribles à tous égards, et ils sont loin d'être finis; mais nous avons été retirés du feu ce matin avant le jour, pour nous compter et nous reconstituer. A l'énergie furieuse qu'on y met en ce moment de part et d'autre, il semblerait que ce coup devrait être le coup de chien final, auquel l'empereur est venu assister en personne. Mais non, je n'y crois plus! Les tranchées et les fils de fer reparaissent de part et d'autre, et avec

eux la prochaine immobilisation, front
contre front. Après vingt-quatre ou qua-
rante-huit heures de détente, nous rentre-
rons dans la fournaise et la décision de
cette lutte gigantesque arrivera... Dieu sait
quand! Que deviendra la vie des tranchées avec la pluie et le froid? Pensez
donc que, pendant ces bombardements
formidables, on se tient des heures et des
heures blotti dans sa tranchée, le dos au
parapet, les jambes recroquevillées, la
tête rentrée dans les épaules, comme les
bœufs attendant passivement le coup de
massue qui va les assommer, sauf les
guetteurs qui, la tête sortant du parapet,
ont le devoir de surveiller quand même le
terrain, pour s'assurer que l'ennemi ne
cherche pas à progresser, et sauf aussi
lorsqu'on reçoit l'ordre de sortir de la
tranchée, malgré les rafales, pour se jeter

soi-même à l'attaque. Alors, au moment
de ce geste redoutable, les canons ennemis, qui le guettent, redoublent de rage,
en collaboration avec les fusils et les mitrailleuses. Oh! ces mitrailleuses!... »

« *Près d'Ypres, 19 novembre.* — Je n'ai
pas cessé de me battre depuis le début de
la guerre; mais la bataille atteint vraiment
sous Ypres, depuis quinze jours, le maxi-
mum d'intensité concevable et inconcevable. Les efforts, de part et d'autre, sont
poussés jusqu'à l'impossible... ; gigantesques dans l'offensive de la part des
Allemands, et non moins dans la défen
sive chez nous. De temps à autre, on
essaie de nous retirer de la première ligne,
pour nous donner au moins quelques
heures de détente. Mais, aussitôt arrivés
dans notre « cantonnement de rafraîchis

sements », on nous rappelle en ligne.
C'est ce qui m'est arrivé avant-hier soir,
au moment où j'occupais, avec mon
bataillon, une ferme où j'espérais pouvoir
souffler. On m'a rappelé d'urgence, pour
aller à un combat où j'ai perdu pour la
sixième fois, en quelques heures, la moitié
de mon effectif. « Votre bataillon, m'écrit
ce matin en me remerciant le général à la
disposition duquel j'avais été mis, a montré
un dévouement au-dessus de tous éloges. »
C'est ce qui m'arrivera peut-être encore
ce soir, maintenant que je me retrouve
dans la même ferme, pour m'y reconstituer encore. D'ailleurs, avec la terrible
artillerie des Boches, on ne trouve plus
de repos nulle part, en arrière des lignes.
Les « grosses marmites » et leurs formidables explosions vous poursuivent partout, semant l'épouvante et l'incendie sous

tous les toits qui se présentent à 10 kilomètres à la ronde. Le bruit de ces explosions est coutumier, du lever au coucher
du soleil. C'est, poussé aux extrêmes
limites, du « colossal » qui, heureusement, se heurte à notre colossale ténacité... « Drôles de gens que ces gens-là »,
comme dit la chanson, renforçant le mili-
tarisme dans tout ce qu'il présente de
brutal et de féroce, l'aggravant de ruses,
de déshonnêtetés, de duplicités invraisemblables, alors que nous, avec nos uniformes foncés, faisant cible sur tous ces
fonds verts, nous caractérisons l'insouciance naturelle de la race plastronnante
un peu trop, et paresseuse même quelquefois, quand il s'agit de la préparation d'événements qui ne se présentent pas pour elle
comme immédiatement réalisables.

« Tout cela n'exprime pas des constata-

nous rappelle en ligne.

qui m'est arrivé avant-hier soir,
en français, avec mon
une lettre où j'espérais pouvoir
On m'a rappelé d'urgence, pour
en rentrant où j'ai perdu pour la
quelques heures, la moitié
• l'autre bataillon, m'écrit
remerciant le général à la
mis, a montré
tous éloges. »

qui m'arrivera peut-être encore
seulement que je ne retrouve
même heure, pour m'y reconsti-
D'ailleurs, avec la terrible
des Boches, on ne trouve plus
nulle part, en arrière des lignes.
marraine • et leurs formi-
explosions vous pourraient par-
l'apparence à l'incendie sous

pı ıtent à 10 kilo

Le it de ces explo-

, d˙ ver au coucher

poı aux extrêmes

ıssɛ qui, heureuse-

nc colossale téna-

ɡen ıe ces gens-là »

ɔon. ıforçant le mili-

ce ɑ'il présente de

, l'ɛ ɡravant de ruses,

le ɑ̀ ̇icités invraisem-

n avec nos uni

sanɩ ̇ble sur tous ces

, cɛ ̇térisons l'inson-

le la ˙ce plastronnante

ɯressɔ ɔ même quelque-

ɩt de lɩ ˙réparation d'évé-

˙ présețent pas pour elle

emeɩɩ ˙alisables.

ɔxprıɯ pas des constata-

tions amères, croyez-le bien. Ce qui fera le
résultat final, c'est le coefficient d'héroïsme
et de ténacité et, à ce point de vue, au
contraire, nous ne voyons que des choses
consolantes. Le Français, « tenace même
dans la passivité », voilà ce qu'on n'aurait
jamais pu croire. Et, cependant, il est
impossible de dénier cette qualité à des
gens comme les miens, qui viennent de
passer six jours de suite dans les tranchées,
sans en bouger ni de jour ni de nuit, les
pieds dans l'eau jusqu'aux chevilles, ne
mangeant qu'une fois par vingt-quatre
heures des aliments apportés nuitamment
et préparés à quatre kilomètres de là, et
soumis à jet continu à ce tintamarre
effroyable et meurtrier... »

« *Près Ypres, 28 novembre 1914.* —
... En ce moment, ô prodige! nous

sommes au repos, à vingt kilomètres en
arrière des lignes, pendant trois ou quatre
jours. Voilà ce qui ne s'était pas vu depuis
le début de la campagne! Enfin, nous en
profitons et largement, nous gobergeant
de bonne nourriture, de bons vins, récu-
pérant autant de forces que possible, pour
les dépenser bientôt en de nouveaux combats. On nous a retirés du feu, il y a quatre
jours, sur le front est d'Ypres, où nous
avions relevé nous-mêmes les Anglais, et
on nous reconstitue ici, avec nos recrues
que nous réencadrons, par des promotions
et nominations, avec des blessés qui reviennent guéris du dépôt, avec tout ce
qu'on peut... Et puis, on fera de nous ce
que l'on voudra, nous ramenant aux tran-
chèes belges, nous réexpédiant peut-être
en quelque nouvelle zone d'action... Le
coup d'Ypres a raté pour les Boches. On

se demande s'ils vont en essayer un autre
ou si, par crainte des Russes, ils vont se
décider à dégarnir enfin le front de la
France, où ils ont accumulé, depuis quatre
mois, de si formidables moyens.

« Ce repos, comme vous l'avez appris
par mes lettres antérieures, nous ne l'avons
pas volé. Le mois de novembre a été le
plus terrible de la campagne; nous avons
eu des combats sanglants, un peu de tous
les côtés. Ma division, qui avait été trans-
portée ici en auto, a servi à renforcer le
front de toutes parts, au fur et à mesure
que se produisaient les formidables attaques
des Boches pour enlever Ypres. Nos bataillons, vu leur solidité bien connue, ont été
appelés, rappelés, de ci, de là, pour atta-
quer, pour défendre, pour enlever des
tranchées, pour en reprendre, pour en
établir, pour donner l'exemple de la pas-

sivité stoïque sous le bombardement. Un jour, une de mes compagnies a perdu soixante-seize hommes dans sa tranchée, sans tirer un coup de fusil, le dos courbé sous les obus qu'il fallait recevoir « quand même », quitte à rester jusqu'au dernier homme, dans cette tranchée qu'on ne voulait pas céder, et d'où, à la nuit tombante, les survivants ont pu encore repousser une violente attaque..., voilà la guerre moderne! Deux fois mon bataillon a perdu encore la moitié de son effectif et a été complété par des renforts venant de l'arrière; mais partout il a reçu les félicitations et les remerciements des chefs sous lesquels il était momentanément placé. Tout cela est à la fois beau et triste... Puis, quand la brutalité des combats a diminué un peu, le froid est arrivé, avec trois ou quatre nuits de violente gelée, et devant cette nouvelle épreuve, on a encore vaillamment tenu le coup.

« Par-dessus nos têtes, nuit et jour, le sifflement des énormes obus s'en allait vers Ypres, sinistre, sauvage, incendiaire. Et, l'autre jour, en traversant la ville, à l'aube, pour nous replier par ici, nous avons vu cette horrible dévastation que rien ne justifie, que rien n'excusera jamais. Ah! les sauvages! mais les redoutables et terribles guerriers! Quand les « aurons-nous » pour tout de bon?... »

Voici des extraits de lettres du général X..., commandant un corps d'armée, qui écrit du front lui aussi ·

20 octobre. — Ma confiance est entière. La lutte sera longue, mais nous aurons plein succès... Je vous ai parlé, je crois, de ce colonel, officier de la Légion d'hon-

neur, qui s'est engagé comme simple soldat, à soixante ans passés. J'ai, dans mon
corps d'armée, un sous-lieutenant de
soixante et un ans, dont le fils a été tué
et beaucoup d'autres officiers volontaires
qui ne devaient plus rien à l'armée. Et à
côté, il y a des enfants (les petits Français
batailleurs). Hier, je voyais un gamin de
quatorze ans, habillé en soldat, marchant
fièrement entre deux troupiers. Avec les
costumes qu'on a fabriqués à ces enfants,
et leur sabre-baïonnette au côté, ils sont
drôles, ou plutôt ils vous font venir des
larmes dans les yeux... Il est onze heures
du soir. Je viens de prescrire une attaque
pour enlever une position ennemie que j'ai
écrasée tout le jour du tir de vingt batteries. Pauvres villages! Quelle dévastation!
Ainsi le veut le salut du pays. Mais combien les contrées éloignées du théâtre des

opérations peuvent s'estimer heureuses!
J'ai vu fuir tant de familles emportant à la
hâte de pauvres paquets, des voitures char-
gées de vêtements et d'objets divers! C'est
que cette guerre est terrible. On y apporte
un acharnement incroyable, résultat de la
sauvagerie de ce peuple qui pousse la folie
jusqu'à prétendre s'arroger la direction de
tout ce qui pense et travaille. Mais leur
ton et leurs allures changent, la fortune ne
leur sourit plus : le navire fait eau...

29 octobre. — Je vous assure que tout
le monde, depuis le plus modeste combattant jusqu'au généralissime, aura droit à la
couronne des vainqueurs, car nos succès
sont dus à la vaillance de ces braves petits
troupiers. Ils passent des journées et des
nuits dans les tranchées, à cinquante
mètres de l'ennemi, échangeant sans cesse

des coups de feu, ou marchant gaillarde-
ment à l'assaut, et tombant parfois, sans
aucune plainte. Je viens d'aller voir un
officier gravement blessé. Sa figure était
souriante. Il m'a dit : « Nous l'avons bien,
cette tranchée, n'est-ce pas, mon général?
J'ai recommandé à mes camarades de me
venger. Au revoir. A bientôt. » — Com
ment ne pas avoir confiance en de telles
troupes?

10 novembre. — Du diable si je m'attendais à une guerre pareille, une tau-
pière! Il faut lutter non seulement contre
l'ennemi, mais contre le froid. Je cherche
mille combinaisons pour garder mon
monde en bonne santé. Que de soucis! Il
faut s'occuper de tout : des places d'opérations, de l'hygiène, des vêtements, de
la nourriture, des ambulances. C'est une

responsabilité bien grande que de conduire les troupes au combat. Nous prenons beaucoup de précautions pour éviter les bronchites. Il ne faut pas grossir outre mesure le nombre de vos clients. Ah! si on pouvait appeler les infirmières dans nos lignes, pour l'évacuation des blessés! Mais on redoute les obus, et aucune ne doit se montrer par ici. Pour habituer peu à peu nos jeunes soldats, je les tiens en arrière de la ligne, dans les localités où ils n'ont rien à craindre. Je commencerai bientôt à les envoyer sur le front. De cette manière nous avons toujours de forts effectifs. Marchons donc pleins de confiance!

16 novembre. — Il faut se dépenser ici comme un jeune homme vigoureux. Je vous assure que ceux qui s'en tireront

auront fait preuve d'une rude constitution.
A la première bataille, un obus a éclaté à
deux ou trois mètres au-dessus de ma tête,
blessant deux officiers de mon état-major
et tuant deux chevaux. D'autres fois ils
éclatent en avant, en arrière, sans faire de
mal à mon entourage. Il y a trois jours,
c'était infernal, cela pleuvait de tous
côtés; un seul obus m'a tué trente-huit
chevaux d'artillerie. Les hommes ont
été admirables, ils sont restés impassibles
sous ce déluge de fer et de feu. Quels
braves gens! Et il est touchant de voir
combien les cœurs battent à l'unisson,
combien la nation française s'est ressaisie.
Malgré tant de douleurs, vraiment c'est
une *belle épreuve* que cette guerre. Elle
laissera la France régénérée et forte,
comme nous la désirons tous. »

L'ARBRE DE NOEL DE SŒUR GABRIELLE

25 décembre 1914. — En ces temps d'infinies tristesses, voici que l'Église immuable nous invite à célébrer, non pas le douloureux Calvaire, mais la fête du gai Noël. Eh quoi! la fête bénie des joies intimes, des douces réunions, à ces heures d'anxiété, de troubles, de séparations cruelles? Oui, Noël quand même, Noël qui revient, dans le frissonnement de sa nuit étoilée, rappeler à la terre l'invincible promesse qui doit, au long des siècles, la consoler de toutes les douleurs, depuis l'aube du premier Noël. Le mot de bénédiction pénètre partout : Noël dans les foyers en deuil qui connaissent une heure de détente à songer que le ciel, où vivent maintenant les âmes bien-aimées, se rapproche aujourd'hui par la venue de l'Enfant.

Noël dans les tranchées, vers lesquelles avec tant de force et d'élan se portent nos cœurs qu'autour des chers combattants doit flotter ce soir, dans l'air de France, un parfum d'inquiète tendresse. Ils n'ont pas nos églises, hélas! Mais, au-dessus de leurs têtes, dans le firmament largement ouvert, leurs regards peuvent chercher la rayonnante étoile. Noël dans tous nos hôpitaux, dans la salle de sœur Gabrielle, où la soirée du 24 s'est passée autour d'un arbre superbe, aujourd'hui merveilleusement orné.

Plusieurs petites jeunes filles, infirmières de demain, pleines du désir de se rendre utiles, mais encore trop enfants

pour être admises régulièrement à l'hôpital, avaient travaillé au dehors pour les
chers blessés. Par monceaux, nous avons
reçu les ouvrages de leurs mains ou les
fruits de leurs quêtes. « Ah! ces enfants,
me disait un jour sœur Gabrielle, en les
regardant quitter l'hôpital, emportant,
sans la moindre fausse honte, de volumi-
neux paquets de pantalons rouges à rac-
commoder, ces enfants, elles créent, sans
le savoir, une génération nouvelle qui sera
formée par la vie elle-même, dans son
expression la plus haute : par l'accomplis-
sement journalier du sacrifice, par le voisinage de l'héroïsme, par l'oubli et la
maîtrise de soi, au milieu d'indicibles
émotions... »

La Sœur veut bien admettre à la céré-
monie de « l'Arbre » cette vibrante jeunesse
à la fois joyeuse et émue qui entre, comme

un frais printemps, dans la salle où l'on souffre toujours, en dépit d'un air de fête. Le sourire des malades la suit avec complaisance. Tout au fond, entre les deux rangées de lits blancs, l'arbre est debout. C'est un fier sapin venu de nos montagnes, exprès pour les blessés. Sous le fardeau d'innombrables bougies et de mystérieux paquets, ses branches ploient légèrement. Des étoiles d'or et d'argent scintillent à travers son feuillage, le long duquel courent surtout des rubans tricolores, de chers rubans, dont la vue met des larmes aux yeux. Dans le milieu, aux extrémités de ses plus larges branches, sont fixés deux drapeaux français. Quand on touche le tronc, les drapeaux frémissent. On dirait alors que le sapin de chez nous les agite volontairement au bout de ses bras tendus, pour quelque signe mystérieux fait à ceux qui se déploient sur nos champs de bataille. Tout au bas, caché dans le feuillage plus épais, un modeste, un tout petit Enfant Jésus de plâtre, qu'il faut bien chercher pour le voir! repose, abrité sous un flot de rubans tricolores. L'Enfant Jésus ayant pour crèche les trois couleurs de France, n'y a-t-il pas là de quoi rêver?

Comme le jour tombe, vers quatre heures, sœur Gabrielle ordonne de fermer les hautes fenêtres. On allume les bougies. Alors les boules de toutes couleurs, pendues à l'arbre, s'animent, deviennent transparentes et lumineuses. Les branches, d'un vert foncé, s'assombrissent davantage encore, et le rouge de nos drapeaux se détache violemment sur elles et flamboie. Alors, l'âme mystérieuse de Noël descend partout. Elle imprègne de son indéfinis-

sable attrait les cadeaux suspendus à
l'arbre, la table chargée de mandarines,
du traditionnel nougat, l'atmosphère tout
entière. Deux brancardiers apportent, sur
un fauteuil de malade, le benjamin de la
salle, un petit engagé de Bar-le-Duc, qui
répond fièrement, quand on le compli
mente de sa vaillance : « Mais, chez moi,
tous les jeunes hommes de dix-huit ans
sont partis; on n'en rencontre plus un en
ville! » Aujourd'hui, il est rougissant et
confus de l'honneur qui lui est fait, car
c'est lui qui va tirer les numéros. On l'ins-
talle, aussi confortablement que possible,
avec une chaise, pour étendre sa jambe
blessée. Tous les malades qui ont pu se
lever l'entourent : têtes bandées, bras en
écharpe, éclopés appuyés sur des béquilles
ou à l'épaule d'un camarade. Dans les lits,
les têtes douloureuses se redressent pour

mieux voir. On commence. Le système est
très simple : les numéros contenus dans le
sac correspondent aux numéros des blessés, et les premiers nommés choisissent
d'abord. D'un bout de la salle à l'autre,
on fait le va-et-vient, pour décrire à ceux
qui sont couchés l'apparence, les dimen-
sions, la forme des paquets. D'après ces
données, ils réfléchissent, — longuement,
parfois, — et formulent leurs ordres
aussitôt exécutés. Les privilégiés qui sont
debout ont soin de faire et de refaire, à
plusieurs reprises, le tour de l'arbre
avant de se décider, comme s'il s'agissait
d'une chose très grave. La joie de tous ces
guerriers est touchante. Par un doux
miracle ils retrouvent ce soir leurs âmes
d'autrefois. Un numéro fictif, auquel est
attaché le nom du chirurgien de la salle,
sort tout à coup. Justement, le doc-

teur X... est là, bon et gai comme toujours. Les malades ont pour lui une grande
et admirative affection, bien méritée, car
son inlassable dévouement est à la hauteur
de sa science. Sans difficultés, il accepte
une boîte de berlingots, et, sur sa demande, une jeune fille la fait circuler dans
la salle.

Un adjudant, couché tout au fond, ré-
clame, quand son tour arrive, l'honneur
de recevoir l'un des drapeaux. Boisset me
confie sa satisfaction d'être appelé le dernier : « C'est bien le moins que les chers
malades choisissent d'abord. »

Les autorités de l'hôpital sont arrivées
au milieu de la distribution. A leur suite,
on a vu entrer, ô surprise! un petit harmo-
nium roulé par des bras vigoureux, et tout
un chœur de musiciens militaires. Sœur
Lucie, l'accompagnatrice, est appelée aus-

sitôt. Elle prend sa place; les uniformes
entourent sa cornette, et, devant l'arbre
lumineux, on chante, une fois de plus, les
vieux Noëls français :

Peuple, à genoux! Attends ta délivrance.

Cet ordre d'espoir et de prière, lancé
par la belle voix grave d'un chanteur à la
tête bandée, éveille des échos profonds
dans la salle où s'est fait un grand silence
ému. Mais, tandis que les chants se succèdent, voici que, çà et là, on entend, dans
certains lits, le bruit de sanglots étouffés.
Ils sont gais, cependant, nos naïfs et vieux
cantiques! Oui, mais leur gaieté remue
aujourd'hui dans les cœurs trop de souvenirs des anciennes Noëls — depuis celles
que l'on a célébrées, enfant, dans des
ivresses d'insouciante joie, jusqu'aux der-
nières, jusqu'à celle de l'année passée...

Celle-ci était peut-être faite du bonheur d'autres enfants, grandis autour de soi ; elle était enveloppée, au moins, de l'indicible douceur du foyer. Deux malades se désolent d'une manière particulièrement navrante. Ah ! c'est qu'ils souffrent d'un tourment pour lequel nous n'aurons jamais assez de respect et de pitié : ils appartien nent aux régions envahies et *ne savent pas ce que sont devenus leurs femmes et leurs enfants*. Devant les larmes de ces hommes, les jeunes filles introduites aujourd'hui pour la première fois dans la salle, sont bouleversées. Elles viennent me dire, d'un ton légèrement scandalisé, que sœur Gabrielle recommande de ne pas essayer de les consoler. Elle leur parlera elle-même plus tard ; mais elle assure que, pour le moment, il vaut mieux les laisser tranquilles. Sœur Gabrielle a raison. Sœur

Gabrielle sait bien qu'à certaines heures, certaines douleurs ne sont pas consolables. Pendant cette journée de détente, où l'austère règlement de l'hôpital s'est incliné devant le doux Noël, en face de l'arbre évocateur, dans cette tiède atmosphère de famille, on ne peut que laisser pleurer librement les pères, les maris, les enfants qui revoient soudain passer tout près d'eux la nostalgique image du foyer menacé.

Dès la crèche de Bethléem, sans doute, on a pleuré aux pieds de ce Nouveau-Né dont la main divine régénère et soulève les cœurs douloureux. Non, il ne faut rien dire... Entre la détresse humaine et l'Enfant du Calvaire, il ne faut pas s'interposer. Depuis cette nuit, tout est mystère... Laissons les larmes de nos soldats prier elles-mêmes pour les terribles maux que nous voyons et pour d'autres, plus secrets, qui pèsent sur les âmes. Demain, quand les larges fenêtres se rouvriront au jour froid de décembre, on reprendra avec plus de courage, après les larmes d'aujourd'hui, la vie habituelle et la do mination de soi-même. Demain, sœur Gabrielle, qui a paru cependant ne rien voir, se souviendra, comme par miracle, des lits où l'on a tant pleuré. Elle penchera sur eux, quelques instants, ses frémissantes ailes blanches et dira les paroles de force et de consolation qu'entendent dans la nuit sainte les cœurs de religieuses. Demain, l'heure bénie de Noël aura passé sans doute; mais l'arbre, dépouillé des guirlandes et des cadeaux, conservera ses rubans tricolores et, caché dans sa dernière branche, l'Enfant divin qui tend les bras. Sœur Gabrielle a des pré dications silencieuses et éloquentes : l'En fant du sacrifice, sous les couleurs de cette France pour laquelle ils doivent être prêts à tout donner et à mourir, voilà ce qu'elle laisse sous les yeux de ses soldats.

Mais leur pensée et la nôtre peuvent s'élever plus loin, plus haut encore que les rigueurs de l'étable et de l'heure présente. Ce Jésus qui sourit sur la paille, et qui veut, par amour, devenir le Dieu du Calvaire, il est aussi le Dieu de la Résurrection. La fête de sa venue ouvre à l'humanité un radieux souvenir. En célébrer l'anniversaire, c'est savoir écouter, par-delà les jours sombres, l'*Alleluia* lointain... La véritable Noël, celle des âmes chrétiennes, est — en tout temps — la fête de l'Espérance.

FIN

TABLE DES MATIÈRES

PARIS

TYPOGRAPHIE PLON-NOURRIT ET Cie

8, RUE GARANCIÈRE — 6e

Lightning Source UK Ltd.
Milton Keynes UK
UKOW01f0806301017
311871UK00015B/1111/P